講談社文庫

快楽アクアリウム

睦月影郎

JN177778

講談社

目次

快楽アクアリウム

第一章　水中バレエの美女たち

1

「今夜で最後だなんて、名残惜しいですね」

純司《じゅんじ》は大水槽を前にして、隣にいる支配人の佳代子《かよこ》に言った。

「ええ、でもホテルは閉館だけれど、月末までは真凜《まりん》の仲間たちがシンクロの練習に使うから水槽はこのまま」

佳代子が言い、やがて水中ショーが始まったので、純司も水割りを飲みながら水槽に目を向けた。

従業員だから、今までに何度もショーは見ているが、最後の今夜だけは客気分を味わい、飲み物が許されていたのである。

水野《みずの》純司は五十五歳、一ヵ月前から地方都市の海辺にあるこのホテル・マーメイドへ単身赴任で来ていた。

東京では一人息子も就職して一段落し、妻も解放されてスポーツジム通いに余念がない。

もともと純司は、全国にホテル経営をしている吉崎《よしざき》グループの本社勤務だったが、事業縮小のため閉館になるマーメイドの後始末のため赴任させられていた。

主任として、この処理を終えて東京に戻ったら、総務の自分の席はあるだろうかと少し心配だったが、何とか定年まであと五年は頑張らなければならない。

吉崎佳代子は社長の一人娘で、このホテルの支配人。婿養子の夫は他の施設の責任者をしている。

真凜というのは佳代子の娘で、二十歳になる女子大生。水泳が得意で、アーティスティックスイミングをしているが、何しろ佳代子に似た美貌なので、この水中ショーにも参加していた。

大水槽の正面はラウンジになり、客は飲食しながらショーを見ることが出来る。

当ホテルの売り物だった水中ショーが今夜で最後ということもあり、さすがに満席になっているが、ショーだけが目的で泊まり客は少ない。

やがて何人かの水中ダンサーたちの中に、人魚姿の真凜が登場した。

音楽の中、長い黒髪が水中で妖しく揺らめき、可憐《かれん》な美貌を色とりどりのライトが照らしている。

青いブラを着け、下半身は人魚のコスチュームで、彼女は巧みにドルフィンキックで舞い、作り物の鱗《うろこ》も光沢があり、本物の人魚のように躍動していた。

水槽の中では、やはり作り物の海草が揺れ、バックには魚の群れも描かれていた。

そして右端には休憩用の小部屋が、いかにも人魚姫の私室のように可愛《かわい》く装飾されて、ビニール製のエアクッションもソファ代わりに固定されていた。

もちろん小部屋以外でも多くのアクションをするので、水中ダンサーたちは呼吸用のチューブを手にしていた。

やはり美観を損ねるので鼻クリップはなく、彼女たちは水中でも笑みを見せ、音楽に合わせて寸劇のような舞いを繰り返していた。

人魚の衣装で躍動するナマ脚が見えないのは残念だが、しなやかな舞いは可憐で、時にエロチックで観客の目を釘付《くぎづ》けにした。

「いつも、ブラが外れないか心配していたけど、それも今夜が最後だわ」

佳代子が、ブランデーを傾けながら言った。

四十代半ばで、知的で颯爽《さっそう》たる巨乳美女。純司より十歳ばかり年下だが、彼はこの美人上司の下で働けたことが、今回の赴任で最も嬉《うれ》しく思ったことだった。

「ええ、決して外れないよう念入りに装着していますので。でも最後と思うと名残惜しいわ」

すると、やはり純司の隣に座っていた原田千恵里《はらだちえり》が言った。彼女はコスチュームや舞台設定をしたデザイナーである。お下げ髪に丸メガネ、ソバカスのあるスッピンで衣装も少女っぽく、ジュースを飲んでいるが三十歳だ。

大水槽の中では、微塵《みじん》も苦しげな表情など見せずに、真凜や他のダンサーたちが舞い、何度かチューブから呼吸して泡を吐き出し、やがて小部屋へと入って座り、休憩をした。

もちろん休憩中も、部屋で女の子たちが会話するような演技は続けている。

「中から客席は見えないのかな」

「入ったことないんですか。主任なのに」

純司が言うと、千恵里が顔を寄せて囁《ささや》き、生ぬるく甘ったるい汗の匂いを濃く漂わせた。活動的で身なりに構わず、佳代子ほどではないが風変わりな魅力があり、純司は思わず股間を熱くさせてしまった。

「ああ、カナヅチでね。平成以降、海水にも触れたことがないんだ」

「でも潜って小部屋に辿《たど》り着《つ》くだけなんだから簡単でしょう。客席は暗いから、あんまりよく見えないですよ」

「そう……」

純司は、一度ぐらい入って見るのも良《い》いと思いはじめた。

もともと彼は、勉強はまあまあだったが全てのスポーツが苦手で、運動会の思い出が一番惨めだった。駆けっこはビリ以外になったことはないし、登り棒も途中でしがみつくだけである。

それなりに男の友人はいたが彼女は出来ず、高校はファーストキスも知らない童貞のまま卒業した。

そして大学時代にバイト料を貯《た》めて一度だけ風俗に行って初体験をしたが、事務的で味気なく、以後行くことはなく、もっぱら自分で処理してきただけだった。

そして就職してから上司のすすめで二歳下の女房と結婚し、以来一度も不倫の度胸もチャンスもないまま今日まで過ごしてきた。

頭髪は後退して下腹は丸みを帯び、まさにダサいオジサンそのものの外見ではモテようという気もなく、あとは平凡に定年まで勤めるだけであった。

それでも性欲だけは旺盛で、すっかり女房も相手にしてくれなくなったので、学生時代のようにもっぱらオナニーばかりしていたが、エロDVDなどは女房に見つかるといけないので妄想が主流だった。

と、人魚たちが小部屋を出て再び水中を舞い、客席に手を振って退場していくと、盛大な拍手が響いた。

「終わっちゃったわね。あと何日かしたら東京へ帰るわ」

千恵里が言い、席を立った。

客たちも三々五々引き上げてゆき、水槽のライトが消されて客席が明るくなった。

佳代子も立ってマイクで挨拶をし、純司は水割りを飲み干してグラスを戻した。

何人かの客は客室に戻り、ラウンジの従業員も最後の後片付けに入った。

ホテル・マーメイドは二階建ての横長の建物で、二階が海に面した客室になっている。一階はフロントとロビーに、このラウンジと大水槽、あとは従業員の控え室があるだけだ。

今夜は最後だから満席になったが、やはり不況の波で年々泊まり客は減少し、今回の閉館となったのである。

従業員たちも、退職したり他のホテルへの異動が決まっていた。

「お疲れ様でした」

純司は佳代子に挨拶してから、主任として片付けを手伝い、ラウンジの従業員たちにも労《ねぎら》いの言葉をかけて回った。

明日、宿泊客が全てチェックアウトすれば営業は終了。あとは月末まで後始末の事務と雑務に追われるが、アーティスティックスイミングの練習に来る女子大生たちの相手もしなければならない。

やがて従業員たちも名残惜しげに帰ってゆき、もう明日の営業がないと思うと、着任して僅か一ヵ月だが、さすがに純司も寂しい気持ちに包まれた。

千恵里は近くにあるアパートへと帰り、佳代子も部屋へ戻ったようだ。

すると、ジャージ姿に着替えた真凜も髪を拭きながら控え室から出て姿を見せ、純司に挨拶してきた。

「お疲れ様でした。名残惜しいね」

「ええ、でも明日からも毎日アーティスティックスイミングクラブの仲間と来ますので、引き続きお世話になります」

やや濃いめのメイクも落としたので、真凜はまだ少女の面影を残す愛くるしい笑みで答えた。

そして真凜が佳代子の部屋へ引き上げていくと、純司はバレエ指導のチーフ、出産で引退した人妻で三十五歳になる麻生沙弥香《あそうさやか》と、水中ダンサーのリーダーで二十五歳になる工藤絵美《くどうえみ》にも挨拶をした。

絵美は現役のままの見事なプロポーションで、真凜の大学の先輩にあたる。

沙弥香が帰ると、まだ髪の濡《ぬ》れている絵美に、純司は言ってみた。

「一度、どんなものか潜ってみたかったんだ。泳げないけれど、あの小部屋に入りたくて」

「まあ、構いませんよ。少しだけなら」

すると絵美が快く答えた。

「本当？」

言われて、純司はその気になってしまった。

もうラウンジの戸締まりはして、全員が帰っていったし、残るは純司と絵美、あとはフロントに従業員がいるだけだから、こちらに来るものは誰もいない。

「来て下さい」

絵美は、まだ水の中が名残惜しいように、彼の手を引かんばかりに控え室へ入っていった。

控え室には、何人もの水中ダンサーたちの匂いが甘ったるく立ち籠め、人魚のコスチュームも並べて置かれていた。

水中にいたから彼女たちの体臭の大部分は消えているのだろうが、やはり大勢となると、混じり合った匂いが悩ましく感じられた。

「匂います？　泳ぎながら人魚の衣装の中で、こっそりオシッコしちゃう子もいるんですよ」

絵美が、小鼻を脹《ふく》らませて酔いしれている純司に言い、悪戯《いたずら》っぽくクスッと肩をすくめて笑った。

2

「じゃ、下着姿で入って下さい。温水だから快適ですよ」

絵美が、自分もジャージを脱ぎながら純司に言う。

もうラウンジの明かりは落としているので、彼女は水槽の中の灯《あか》りを半分だけ点《つ》けてくれた。

純司も脱ぎながら、途端に緊張してきた。

開催中なら、主任として試しに入ってみるのも理由が付けられるが、もう閉館なのだから、今さら入っても仕方がなく、佳代子に知られたら問題だろう。

それでも好奇心には勝てず、彼は下着一枚になり、出っ腹の醜い姿を美女の前に晒《さら》してしまった。

絵美もメイクは落としているが、スラリとした鼻筋と長い栗色《くりいろ》の髪、人魚のコスチュームの似合う長い脚をしていた。

「主任が水に入るという願いを叶《かな》えるなら、私も前から、したくて出来なかったことをしてしまいます」

「え？　何をしたかったの？」

「裸で入ることです」

絵美は言い、まるで混浴にでも入るように、ためらいなく下着まで全て脱ぎ去り、一糸まとわぬ姿になってしまったのだ。

「うわ……」

「さあ、こっちです」

眩《まぶ》しい全裸を見る余裕もなく、彼は絵美に手を引かれて階段を上がり、大水槽の真上に来た。

水槽の上部、客席との仕切りは壁になっているので、水への出入りは客から見られないようになっている。

先に絵美が足からザブリと水に入り、手を伸ばしてきた。

純司も恐る恐るふちに座って足を水に浸《つ》け、絵美の手を握ると、すぐにも引き込まれてしまった。

「う……」

全身が水に潜ると、足のつかない不安にパニックを起こしそうになったが、すぐに絵美が抱いて彼の顔を水面から出してくれた。

「深呼吸して、肺に空気を溜《た》めて。私が引っ張るので小部屋まで息を詰めていて下さいね」

言われて、純司は懸命に深呼吸し、肺に酸素を溜めてから息を詰めた。

途端に水中に引き込まれ、彼は全身浸かりながら懸命に目を開き、薄明るい水槽内を見た。客席の方は暗くて何も見えず、底から揺らめく作り物の海草と、壁に描かれた魚群などが見えた。

すると全裸の絵美が人魚のように巧みに手足を掻《か》いて潜り、彼の手を引いて底まで導いてくれた。

長い髪が揺らめき、たまに笑顔で純司の様子を見ながら、小部屋にリードしてくれ、ようやく彼も下から小部屋に入り込んで深呼吸した。

「うわ、いい匂い……」

水中にある小部屋に充満していたのは、美しい水中ダンサーたちの甘酸っぱい吐息の匂いであった。

「匂います？　私には分からないけど」

絵美も、微《かす》かに息を弾ませて言い、並んでビニール製のソファに座った。

「パ、パンツが脱げちゃった……」

「あそこに浮いているから、帰りに拾うといいですよ」

いつしか全裸になっていたことに気づき、純司は身を縮めて言ったが、絵美は自分の部屋にいるように落ち着いていた。

ようやく呼吸が整うと、純司は隣に座っている絵美の胸をチラ見した。形良く息づく膨らみと、狭い空間に籠もる甘酸っぱい匂いに、とうとう彼はムクムクと勃起しはじめてしまった。

普段なら慌てて押さえるところだが、幻想的な水中の小部屋に全裸の美女といるのが夢のようだった。

「わあ、勃ってますね……」

絵美もチラ見したようで、言いながら彼の股間に手を伸ばしてきた。

「あう……、い、いけないよ……」

「私、もう一つ願望があるんです。水の中でセックスしたいという」

純司がビクリと身じろいで言うと、絵美がとうとうペニスに触れながら囁いた。

「そ、そんな、こんなオジサンなんて何の魅力もないだろう……」

「そんなことないですよ。とっても真面目で優しくて、女の子たちもみんな主任を好きだって言ってます」

「それは、単にお父さんみたいだからだろう……」

純司は答えたが、やわやわと愛撫《あいぶ》され、もう後戻りできないほど淫気が高まってしまった。

「水の中で出来ますか？　空気は口移しに送りますけど」

「そ、それは魅力だけど、多分無理だろうね……。鼻から水が入って噎《む》せるし、水面にザーメンが浮いているのも誰かに見られると困る……」

「そうですね。やっぱり慣れてないと危険だわ。ここでしましょう」

絵美は言うなり屈《かが》み込《こ》み、彼の股間に顔を寄せてきたのだった。

「ああ……」

純司は、張り詰めた亀頭をしゃぶられて喘《あえ》いだ。

絵美はスッポリと根元まで呑《の》み込《こ》み、幹を丸く締め付けて吸いながら熱い息を彼の股間に籠もらせた。

口の中ではチロチロと小刻みに舌が蠢《うごめ》き、たちまちペニス全体は、若い美女の生温かく清らかな唾液にまみれてヒクヒクと震えた。

「い、いっちゃうといけないから……」

純司は急激に高まり、警告を発するように息を詰めて言った。

水中にある小さな空間で、まさか全裸美女とこんなふうになるなど夢にも思わなかったものだ。

すると絵美もスポンと口を引き離し、彼に肌を密着させてきた。

純司が形良い乳房に顔を埋め、緊張と興奮に息を震わせながら、チュッと乳首に吸い付いてぎこちなく舌で転がすと、

「アア……」

絵美が熱く喘ぎ、純司の顔を胸に抱きすくめたままソファに仰向けになった。

のしかかり、彼は左右の乳首を交互に含んで舐《な》め回し、顔中で膨らみを味わった。

健康的な肉体は、柔らかさよりも若々しい張りと弾力に満ちていた。

残念ながら汗の匂いは感じられないが、彼女の吐息が肌を伝い、果実のように甘酸っぱく鼻腔《びこう》を刺激してきた。

さらに彼は夢中になって滑らかな肌を舐め降り、股を開かせて股間に迫った。

丘に煙る恥毛は、やはりだいぶ手入れしているようで、ほんのひとつまみほどしかなかった。

割れ目からはみ出す花びらは縦長のハート型で、指で左右に広げると、中は綺麗《きれい》なピンクの柔肉。花弁のように襞《ひだ》の入り組む膣口《ちつこう》が息づき、包皮の下からは小指の先ほどもあるクリトリスがツンと突き立っていた。

堪《たま》らずに顔を埋め込み、柔らかな恥毛に鼻を擦《なす》りつけて嗅いだが、残念ながら匂いは感じられなかった。

しかし舌を挿し入れて膣口をクチュクチュ搔き回すと、うっすらと淡い酸味のヌメリが溢《あふ》れ、舌の動きが滑らかになった。

確実に濡れていて、彼が柔肉をたどってクリトリスまで舐め上げると、

「ああッ……、いい気持ち……」

絵美が声を上ずらせ、内腿《うちもも》でムッチリと彼の両頰を挟み付けてきた。

純司は、自分のような未熟な愛撫で、プロポーション抜群の美女が感じてくれるのが嬉しく、熱を込めて舐め回した。

愛液の量が格段に増し、色白の下腹がヒクヒクと小刻みに波打った。

「い、いきそう……、お願いです。入れて……」

絵美が息を震わせてせがむと、彼も顔を上げて股間を進めた。

ピンピンに勃起した幹に指を添え、先端を濡れた割れ目に擦りつけながら位置を探り、やがて息を詰めてゆっくり挿入していった。

張り詰めた亀頭が潜り込むと、あとはヌルヌルッと滑らかに根元まで呑み込まれ、彼は肉襞の摩擦と温《ぬく》もりに酔いしれた。

股間を密着させ、脚を伸ばしてのしかかると、彼女も下から両手を回してしがみついてきた。

そして待ちきれないように、ズンズンと股間を突き上げてきたのだ。

「な、中で出して大丈夫なのかな……」

「ええ、ピル飲んでるから大丈夫です」

心配になって訊《き》くと、絵美が膣内の収縮を活発にさせながら答えた。

純司もぎこちなく腰を遣うと、溢れる愛液に動きが滑らかになってきた。

しかし、あまりに激しい下からの突き上げで、角度とリズムが合わず、途中でツルッと抜け落ちてしまった。それに彼も、巨体でのしかかるのが申し訳なくなってきたのだ。

「あう、抜けちゃったわ……」

「き、君が上になってくれる?」

言うと絵美が身を起こし、入れ替わりに純司が仰向けになっていったのだった。

3

絵美が跨《また》ぎ、再びヌルヌルッと根元まで受け入れると、彼女は顔を仰《の》け反《ぞ》らせて喘いだ。

「アアッ……、いい……」

純司も股間に重みを受け、温もりと感触を味わいながら両手を伸ばして彼女を抱き寄せた。絵美は身を重ね、彼の胸に形良い膨らみを密着させ、すぐにも動きを再開させた。

彼は僅かに両膝を立てて絵美の尻を支え、合わせて股間を突き上げはじめた。

もう仰向けになって腰が安定しているので、少々乱暴に動いても抜ける心配もなさそうだ。

すると絵美が上から顔を寄せ、ピッタリと唇を重ねてくれた。

濡れた長い髪が顔の左右を覆い、内部に熱く甘酸っぱい息が籠もった。

純司は唇の柔らかな感触と唾液の湿り気を味わい、果実臭の吐息で鼻腔を刺激されながら絶頂を迫らせていった。

「ンン……」

絵美が熱く鼻を鳴らし、自分からヌルリと舌を挿し入れてからみつけた。

滑らかに蠢く舌は、生温かな唾液に濡れ、純司は滴る唾液をすすって股間を突き上げ、急激に絶頂を迫らせていった。

こんなにも興奮する心地よいディープキスなど初めてだった。

女房は潔癖性で、ろくに割れ目など舐めさせてくれないし、フェラもほんの数秒で挿入してからも早く終えてくれという感じで、恐らく一度も絶頂など得られないうち妊娠と出産をし、あとは一人息子だけに夢中であった。

だから彼は何やら初めて、互いの欲望をぶつけ合うセックスをしている思いに強く包まれたものだった。

絵美も本気で感じているようで、大洪水になった愛液が陰嚢《いんのう》の脇を伝い、彼の肛門《こうもん》の方にまで流れてきた。互いの動きもリズミカルに一致し、クチュクチュと淫らに湿った摩擦音が響いた。

「ああ……、いい気持ち……」

絵美が、息苦しくなったように唇を離し、唾液の糸を引きながら熱く喘いだ。

鼻から洩《も》れる息より、口から吐き出された方が甘酸っぱい匂いが濃く漂い、悩ましく彼の鼻腔を刺激してきた。

「すごく感じるわ。何だか、多くのお客さんに見られているみたい……」

絵美が声を上ずらせて言い、股間をしゃくり上げるように動きを強めてきた。恥毛が擦れ合い、コリコリする恥骨の膨らみまで痛いほど伝わってきた。

何しろ、年中この水槽と小部屋で多くの客の視線に晒されてきたので、今も淫らな姿を見られているような興奮が湧いているのだろう。

「い、いきそう……」

純司は我慢できなくなり、許しを乞うように声を洩らした。セーブしようとしても絵美の動きが続き、どうにも堪らなくなってきたのだ。

「いいわ、私も……」

彼女も息を詰めて言い、収縮を活発にさせながら絶頂の波を待っているようだ。

やがて純司は絶頂を迫らせ、彼女の顔を抱き寄せて喘ぐ口に鼻を押し付けた。

新鮮な果実臭の吐息を胸いっぱいに嗅ぐと、さらに絵美が舌を這《は》わせて鼻をしゃぶってくれたのだ。

「あう、いく……！」

とうとう彼は呻《うめ》き、美女の唾液と吐息の匂いに包まれ、心地よい肉襞の摩擦の中で昇り詰めてしまった。

突き上がる大きな絶頂の快感が全身を貫き、同時に熱い大量のザーメンがドクンドクンと勢いよく内部にほとばしり、奥深い部分を直撃した。

「あ、熱いわ、いく……、アアーッ……！」

すると、噴出を感じた絵美もオルガスムスのスイッチが入ったように喘ぎ、ガクガクと狂おしい痙攣《けいれん》を繰り返した。

膣内の収縮も最高潮になり、純司は溶けてしまいそうな快感の中で心置きなく最後の一滴まで出し尽くしてしまった。

「ああ……」

純司は声を洩らし、魂まで抜けたようにグッタリと力を抜いた。

すると、いつしか絵美も動きを止め、肌の強《こわ》ばりを解いて彼に体重を預け、耳元で荒い呼吸を繰り返していた。

まだ膣内は名残惜しげな収縮が繰り返され、刺激されるたび過敏になったペニスがヒクヒクと内部で跳ね上がった。

「あう……、感じすぎるわ……」

絵美も敏感になっているように呻き、幹の脈打ちを押さえるようにキュッときつく締め上げてきた。

そして彼は絵美の重みと温もりを受け止め、熱く湿り気ある吐息を嗅いで鼻腔を刺激されながら、うっとりと快感の余韻を味わったのだった。

「すごく良かったです。実は彼と別れて、半年ぶりにエッチしました……」

絵美が、呼吸を整えながら囁いた。

そして身を起こし、そろそろと股間を引き離したが、小部屋の中にはティッシュなどはない。

絵美は彼の股間に屈み込み、愛液とザーメンにまみれた亀頭にしゃぶり付き、舌でヌメリを拭い取ってくれた。

「あうう……」

純司は唐突な快感に呻き、無反応期も過ぎたのですぐにもムクムクと回復してきてしまった。

「まあ、すぐ大きくなるんですね……」

「ああ、女の子だけが浸かる水の中をくぐったから、それが回春剤になっているのかも……」

純司は、自分でも驚くほどの回復力に戸惑いながら答えた。やはり若い女性たちのエキスを含んだ水と、混じり合った吐息の籠もる空間に身を置き、通常以上の精力が漲《みなぎ》っているのだろう。

しかし絵美はペニスを綺麗にすると、それ以上の愛撫は止めて顔を上げた。

「じゃ、戻りましょうか」

「うん、ザーメンが漏れないかな……」

「大丈夫。引き締めておきますから」

彼女が答え、起き上がった純司はまた何度も深呼吸して肺に空気を溜めた。

そして小部屋の下をくぐって生ぬるい水の中に入ると、すぐに絵美が手を引いて水面へと向かっていった。

何やら水の中だと身体《からだ》が軽くて快適だったが、間もなく水面から顔を出した。

やはり潜るより、浮いていく方が楽なのだろう。

絵美は浮いていた彼の下着も拾ってふちに起き、先に鉄梯子《てっぱしご》を登って手を引いてくれた。

「うう、身体が重い……」

梯子を上がってふちに登ると、純司は急に重力を感じ、打ち上げられたジュゴンのように横たわって呼吸を整えた。

「大丈夫？　体重何キロあるんですか？」

「九十近いと思う。でも水の中は気持ち良かったよ……」

純司は答え、ようやく身を起こすと、水をくぐったペニスはすでに強ばりを解いて落ち着いていた。

そして二人で控え室に戻ると、絵美がタオルを貸してくれ、自分はトイレに入ってビデを使ったようだ。

純司は濡れたパンツを絞って、我慢して穿《は》くと身繕いをした。

トイレから出た絵美もジャージを着て、水槽の灯りを消した。

「じゃ私は帰りますね」

「ああ、どうも有難《ありがと》う」

絵美が言い、彼も心から礼を言った。彼女は、ホテル近くのハイツに一人で住んでいる。

やがて灯りを消して控え室を出ると、そのまま絵美は帰ってゆき、彼はもう一回り点検をし、フロントの従業員に後を頼んでから自分の部屋に戻った。

純司の部屋は、一階の隅にあるシングルルームだ。

二階の宿泊客は数組だし、もう今夜は何もないだろうからと、彼は服を脱ぎ、湿った下着も脱ぎ去って浴衣を羽織るとベッドに横になった。

(ああ、何だか夢の中にいるようだ……)

暗い部屋で目を閉じたが、まだ全身が美女たちの体液のような生ぬるい水に浸かっているような気がした。

そして絵美の若々しい肢体が浮かび、匂いや感触が甦《よみがえ》ってムクムクと勃起してきてしまった。普段もここで、毎晩のように佳代子や他の美女を思って抜いていたのだ。

しかし今夜は、せっかく夢のような体験をしたのだから、その余韻を大切に、このまま寝ようと思った。

二階で寝ている佳代子と真凜の母娘《おやこ》は、純司がこんなに良い思いをしたことなど夢にも思わないだろう。

なぜ絵美は、自分みたいなダサい男とする気になったのか。

恐らく彼女も欲求を溜め、しかも最後のショーを終えて、通常とは違う感覚だったのだろう。

とにかく、一度もモテたことのない自分のような男でも、こんな幸運が巡ってくるときがあるのだ。

平凡な人生と諦めず、これからもチャンスがあれば積極的に求めても良いのではないかと思った。そして純司は絵美の感触や匂いを思い浮かべながら、さすがに疲れ、いつしか深い睡りに落ちていったのだった。

4

「さあ、最後のお客がチェックアウトしたので、これで営業は終わりだわ」

客を見送って戻った佳代子が純司に言い、さすがに感無量の表情をしていた。

「ええ、お疲れ様でした」

「営業は終わったけど、これからが大変だわ」

純司が言うと、彼女も顔を引き締めて答えた。

吉崎家の自宅は都内なので、佳代子もずっとホテル内に住んでいた。真凜は女子大が近くなのでハイツを借りているものの、ショーの間は佳代子の部屋で寝泊まりしていたようだ。

真凜は大学へ行き、従業員の部屋係は、各部屋の備品やシーツなどを回収し、いつでも業者がベッドなどを持ち出せるように準備している。もっとも最後の宿泊客の部屋以外は、すでに着々と片付けを終えていた。

ラウンジも、午後には業者が来て封を開けていないボトルの回収や、器材の撤収にかかるだろう。

先代社長の頃から五十年間、営業を続けてきたホテル・マーメイドだが、いよいよ終わりの時がきたのである。

土地は売却することになり、すっかり老朽化した建物は、来月にも取り壊しにかかるようだった。使える器材は他店に持っていくため、早くも朝から何台かのトラックが来て積み込みを繰り返していた。

フロント係も、もう営業スマイルは消して黙々と書類整理をしている。

しかし、純司も気を引き締めないといけないのに、また昨夜の絵美の肢体がチラついて心身がぼうっとしていた。

やがて昼まで作業すると、従業員は順々にラウンジに来て、最後の客のために備えられていたバイキング料理で昼食を終えた。まだ数日分ある残りの食材は、社員食堂として消費されるだろう。

午後もてきぱきと片付けが進み、夕方までには二階の客室が空になった。もともと客室の多いホテルではなかったから作業も順調で、もう二階に灯りが点くのは佳代子が使っている部屋だけとなろう。

隣接しているスパも閉館して湯が抜かれ、従業員たちも引き上げていった。いずれどこかの店でお疲れさん会が開かれるのだろうが、みな次の仕事への準備に忙しいことだろう。

昼間のうちに真凜やアーティスティックスイミングの部員たちが数人来て、大水槽を使って練習していたので、何度か純司も様子を見に行った。

女子大生たちが水着で水に浸かり、練習の合間に潜って小部屋で休憩していたが、そこで昨夜純司と絵美がセックスしたなど誰も夢にも思わないだろう。

女子大の水泳部は構内にあるプールで猛練習しているようだが、真凜の属するアーティスティックスイミングは小規模のサークルだから厳しくなく、実に和気藹々《わきあいあい》と楽しげで、見ている純司も瑞々《みずみず》しい肢体の躍動に股間を熱くさせてしまった。

人魚ショーではないから真凜も鼻クリップをし、長い髪をゴムキャップの中に入れていた。

しかしニョッキリした健康的なナマ脚を見ることが出来、人魚のコスチューム以上に興奮をそそったものだ。何しろ水槽だから横から、水中にいる彼女たちの動きが全て丸見えなのである。

沙弥香も来てコーチし、間もなく絵美も来て見学と指導に加わった。

純司は大水槽と、各部屋の様子を見て回ってから、暗くなる頃ラウンジで夕食を済ませた。

女子大生たちも佳代子の厚意で、練習のあと着替えて夕食を取った。

「もう七時だわ。今日はこれぐらいにして、何か飲んで構いませんよ」

佳代子が言うので、純司も封の開いているウイスキーで水割りを作った。女子大生たちや主婦の沙弥香は帰ったが、絵美は残って一緒に飲み、また彼は思い出して股間を疼《うず》かせてしまった。

「何だか寂しくて泣きそう……」

次第にがらんとなっていく様子を見回して、佳代子が言った。彼女は結婚して着任以来、ここに二十年はいただろう。

やがて佳代子は二階の部屋へ引き上げていった。真凛は女子大生たちとどこかへ行ったので、今夜はそのままハイツに帰るのだろう。

「泣いてるかも知れないわ。お部屋へ行って慰めてあげたら？」

絵美が、ソーダ割りを飲みながら悪戯っぽく囁いた。

「そんな、彼女は大人だからね、部屋で仕事の続きをしているだろう」

「見た目より、ずっと寂しがり屋よ。旦那とも冷えているようだし、それにずいぶん主任を頼りにしているから、好意を持ってるわ。今夜なら落とせると思います」

「おいおい、お嬢さんがそんなこと言うもんじゃないよ」

純司は戸惑いながらも、昨夜のことを忘れず、意識したように身を寄せて囁く絵美に欲情してきてしまった。

絵美は水中ショーばかりでなく、多くの人の様子や心理も観察していたらしい。

もうあらかたの従業員は帰ってしまったし、確かに部屋なら誰にも邪魔されないだろう。

「それより、ゆうべのことが忘れられなくて」

「ええ、私もです。うんと年上の人って憧れだったから、すごく嬉しかった」

絵美が言うと、純司は痛いほど股間が突っ張ってきてしまった。

彼女の、この唇もブラウスの中の乳房も、スカートに覆われた股間も味わったのだと思うと、真っ直《ま》ぐ《す》立っていられないほど勃起してきた。

以前は、若い女性とセックスできたら、もう死んでも良いと思ったものだったが、いざしてしまうと、それで気が済むというものではない。むしろ、今度はあれもこれもしたいと、欲望が限りなく湧いてくるのだった。

「じゃ、僕の部屋に来る？」

「ええ、行きます」

純司が胸を高鳴らせて言うと、絵美もすぐに答えた。

二人で飲み干したグラスをシンクに置き、ラウンジの灯りを消して一緒に純司の部屋に行った。

「わあ、こういうところに住んでいたんですか。ずいぶん綺麗にしていますね」

「持ち物が少ないからね」

絵美が室内を見回して言い、彼もドアを内側からロックして上着を脱いだ。

「じゃ、今日は作業で汗かいてるから、急いで流してくるので待っててね」

「一緒にシャワー浴びますか」

彼が気が急くように脱《せ》ぎながら言うと、絵美もブラウスのボタンを外して言った。

「い、いや、今日は水に浸かっていないだろう？　そのままでいいよ」

「だって、私も一日中動き回って汗かいてますよ」

「うん、お願い。そのままで待ってて」

純司は言って下着姿になり、バスルームに入った。そして下着を脱いでバスタブの中でシャワーを浴び、ボディソープで腋《わき》や股間を洗いながら手早く歯を磨き、口をすすぎながら放尿まで済ませた。

最短時間で準備を整え、激しく勃起しながら身体を拭き、五分足らずで腰にタオルを巻いて出ると、すでに絵美も全て脱ぎ去り、先にベッドに横たわって照明も落としていた。

添い寝して形良く息づく乳房に屈み込み、チュッと乳首を含んで舌で転がすと、

「アア……」

すぐにも絵美が熱く喘ぎはじめた。唐突に始まった昨夜と違い、今夜は彼女も心の準備が出来て期待も高まっていたのだろう。

顔中を押し付けて張りのある膨らみの感触を味わい、もう片方の乳首も含んで舐め回すと、昨夜は感じられなかった、甘ったるい汗の匂いが生ぬるく馥郁《ふくいく》と鼻腔をくす

ぐってきた。

（ああ、若い娘のナマの体臭……）

純司は感激と興奮に包まれ、左右の乳首を味わってから、彼女の腕を浮かせて腋の下にも鼻を埋め込んでしまった。

そこはジットリと汗に湿り、さらに濃厚に甘ったるい匂いが鼻腔を掻き回し、胸に沁《し》み込んだ刺激が股間に伝わってきた。

「あう、くすぐったい……」

嗅ぎながら舌を這わせると、絵美が呻いてクネクネと身悶《みもだ》えた。

純司は充分に嗅いでから滑らかな肌を舐め降り、形良い臍《へそ》を探り、顔中を腹部に押し付けて健康的な弾力を味わった。

下腹はピンと張り詰め、腰骨からムッチリした太腿《ふともも》に降り、さらに脚を舐め降りていった。

早く股間に行きたいが、そこを舐めたり嗅いだりしたら性急に挿入したくなり、すぐにも終わってしまうだろう。

せっかくナマの匂いのする美女が身を投げ出しているのだから、隅々まで味わい、肝心な部分は最後に取っておこうと思った。

スベスベの脚を舐め降り、足首まで行くと足裏に回り込んで舌を這わせた。

「ああッ……」

踵《かかと》から土踏まずを舐め回して指に鼻を押し付けると、また絵美はくすぐったそうに声を上げて腰をよじった。

指の股は汗と脂にジットリ湿り、鼻を割り込ませて嗅ぐとムレムレの匂いが可愛らしく鼻腔を刺激してきた。純司は胸いっぱいに美女の足の匂いを貪ってから、爪先にしゃぶり付いていった。

5

「く……、ダメです、もう……」

純司が、全ての足指の股にヌルッと舌を挿し入れて味わうと、絵美は堪えられないように言ってもがいた。

それでも彼は両足とも、味と匂いが薄れるほど爪先を貪り尽くし、ようやく股を開かせて脚の内側を舐め上げていった。

白く滑らかな内腿をたどって股間に顔を迫らせると、熱気と湿り気が顔中を包み込んできた。

昨夜と違い、渇いた恥毛がふんわりと煙り、割れ目からはみ出した花びらが露を宿してヌメヌメと潤っていた。

堪らずにギュッと顔を埋め込み、柔らかな茂みに鼻を擦りつけて嗅ぐと、腋に似た甘ったるい汗の匂いに、ほのかな残尿臭らしき成分も混じって鼻腔を悩ましく刺激してきた。

「ああ、なんていい匂い」

「あん……！」

嗅ぎながら思わず股間から言うと、絵美が声を洩らし、羞恥に激しくキュッと彼の両頬を内腿で挟み付けてきた。

その腰を抱えて割れ目に舌を挿し入れると、内部には淡い酸味のヌメリが生ぬるく満ちていた。

舌先で膣口の襞をクチュクチュ掻き回し、味わいながらゆっくり滑らかな柔肉をたどり、ツンと突き立ったクリトリスまでたどっていくと、

「アアッ……！」

絵美がビクッと顔を仰け反らせて熱く喘ぎ、顔を挟み付ける内腿にきつく力を込め

てきた。

純司はチロチロと舌先で弾くようにクリトリスを刺激しては、新たに溢れてくる愛液をすすり、さらに彼女の両脚を浮かせ、逆ハート型の尻に迫った。

谷間にひっそり閉じられた薄桃色の蕾《つぼみ》に鼻を埋め込むと、顔中に弾力ある双丘が密着した。

蕾には、蒸れた汗の匂いに混じり秘めやかな微香が感じられ、悩ましく鼻腔を刺激してきた。

純司は女房もさせてくれなかった愛撫を続け、舌を這わせて収縮する襞を濡らし、ヌルッと潜り込ませて滑らかな粘膜を探った。

「あう、ダメ……」

絵美が驚いたように呻き、キュッと肛門で舌先を締め付けてきた。

純司は内部で舌を蠢かせ、ようやく脚を下ろして再びクリトリスに吸い付き、指先を膣口に浅く挿し入れて小刻みに内壁を擦った。

「ダメ、いきそう……」

絵美が言って、半身を起こすなり彼の顔を股間から追い出しにかかった。どうやら指と舌で早々と果てるのを惜しみ、早く一つになりたいようだった。

純司も舌と指を引っ込めて股間から這い出し、添い寝していった。

すると入れ替わりに彼女が起きて、大股開きにさせた真ん中に腹這《はらば》い、股間に顔を寄せてきた。

そして絵美は、自分がされたように彼の両脚を浮かせ、尻の谷間に舌を這わせてくれたのである。

「く……、いいよ、そんなことしなくて……、あう！」

肛門が舐められ、ヌルッと舌が侵入すると、思わず彼は呻いて美女の舌先をモグモグと締め付けた。

絵美が厭《いと》わず内部で舌を蠢かすと、まるで内側から操られるように勃起したペニスがヒクヒクと上下に震えた。

彼女は熱い鼻息で陰嚢をくすぐり、やがて脚を下ろして舌を引っ込めた。

「ずるいわ、自分だけちゃんと洗って……」

絵美が詰《なじ》るように言い、そのまま陰嚢を舐め回し、二つの睾丸《こうがん》を転がして生温かな唾液で袋全体をまみれさせてくれた。

「ああ、気持ちいい……」

純司は喘いだ。陰嚢が感じるのは新鮮な発見であった。

せがむように幹を震わせると、さらに彼女は前進してきた。

肉棒の裏側を、付け根から先端までゆっくり舐め上げ、粘液の滲《にじ》む尿道口もチロチロと舐め回してくれた。

そして張り詰めた亀頭を含み、スッポリと根元まで呑み込むと、熱い鼻息が恥毛をそよがせた。

「ああ……」

純司は快感に喘ぎ、美女の口の中で幹を震わせた。

「ンン……」

絵美も先端が喉の奥に触れるほど深く含み、幹を丸く締め付けて吸い、口の中ではクチュクチュと舌を蠢かせ、たちまちペニス全体は美女の清らかな唾液に生温かくどっぷりと浸った。

さらに絵美は小刻みに顔を上下させ、濡れた口でスポスポと強烈な摩擦を開始してくれたのだ。

「い、いきそう……」

純司が急激に絶頂を迫らせて言うと、すぐに彼女もスポンと口を引き離し、

「いい？　入れますね」

言いながら前進して、ためらいなく彼の股間に跨がってきた。

先端に濡れた割れ目を押し当て、位置を定めてゆっくり腰を沈めると、屹立《きつりつ》したペニスはヌルヌルッと滑らかに膣口に呑み込まれていった。

「あぁッ……、奥まで響くわ……」

深々と受け入れた絵美が顔を仰け反らせて熱く喘ぎ、完全に座り込んで股間を密着させた。

純司も肉襞の摩擦と熱いほどの温もり、大量のヌメリと締め付けに包まれながら快感を味わい、娘ほどの美女と連日交わる幸福を嚙《か》み締《し》めた。

絵美は上体を反らせ、彼の胸に両手を突っ張りながら密着した股間をグリグリと擦《なす》り付《つ》け、やがてゆっくりと身を重ねてきた。

彼も僅かに両膝を立て、下から両手を回して抱き留めた。

胸に柔らかな乳房が密着して心地よく弾み、恥毛が擦れ合い、すぐにも彼女が腰を遣いはじめたのでコリコリする恥骨の感触も伝わってきた。

下から唇を求めると、絵美もピッタリと重ね合わせ、互いに舌を触れ合わせてチロチロとからみつけた。

快感が高まると、純司もズンズンと股間を突き上げ、生温かな唾液にまみれて滑らかに蠢く美女の舌を味わった。

昨夜と違い、乾いた長い髪も甘く匂い、彼の興奮が高まっていった。

「ああ、いい気持ち、いきそう……」

絵美が口を離して喘ぎ、膣内の収縮を活発にさせてきた。

彼女の口から吐き出される息は淡いアルコールの香気を含み、甘酸っぱい果実臭が濃厚に純司の鼻腔を刺激してきた。

胸に沁み込む美女の吐息が股間にも伝わり、たちまち彼も絶頂を迫らせながら股間を突き上げ続けた。

もっと味わっていたかったが、何しろ絵美の動きがリズミカルに続いていた。

そして先に、彼女がオルガスムスに達したのだった。

「い、いっちゃう……、アアーッ……！」

声を上ずらせると同時に、ガクガクと狂おしい痙攣を開始し、粗相したように溢れる大量の愛液が互いの股間をビショビショにさせた。

たちまち純司も、膣内の収縮に巻き込まれるように、続いて激しく昇り詰めてしまった。

「く……！」

突き上がる快感に呻き、熱い大量のザーメンを勢いよくほとばしらせると、

「アア、感じるわ、もっと……」

噴出を受け止めた絵美が、駄目押しの快感を得たように口走り、ザーメンを飲み込むように膣内をキュッキュッと締め付け続けた。まるで歯のない口に含まれ、舌鼓でも打たれているような快感である。

純司は美女の喘ぐ口に鼻を擦りつけ、唾液のヌメリと息の匂いに酔いしれながら心ゆくまで快感を嚙み締め、最後の一滴まで出し尽くしていった。

すっかり満足して突き上げを弱めていくと、

「ああ……、気持ち良かった……」

絵美も満足げに声を洩らし、肌の硬直を解いてグッタリともたれかかってきた。

まだ膣内は息づくような収縮が繰り返され、刺激されたペニスがヒクヒクと過敏に震えた。

そして彼は美女の重みと温もりを受け止め、甘酸っぱい吐息を嗅ぎながら、うっとりと快感の余韻に浸り込んだのだった。

ようやく体重を預けていた絵美が呼吸を整え、そろそろと股間を引き離してゴロリと添い寝してきた。

「シャワー借りますね……」

少し休憩すると絵美が言って起き、バスルームに入っていった。彼はシャワーの音を聞きながらティッシュで股間を拭い、しばし感激に包まれたまま起き上がることが出来なかった。

やがて絵美が出てくると手早く身繕いをし、

「じゃ帰ります。また会って下さいね。何だかとっても相性がいい感じです」

そう言って笑みを見せ、彼女は帰っていったのだった。

第二章　美人上司の淫らな欲望

1

「水野さん、まだ起きてます？　良ければいらっしゃいませんか」

純司がシャワーを浴び、そろそろ寝ようと思っていたとき、部屋の電話が鳴って佳代子が言った。

まだ十時前である。確かに寝るには早いが、純司は絵美の余韻の中で横になろうかと思っていたのだ。

「はい、すぐ着替えて参ります」

「いいのよ、浴衣でしょう？　そのままで構いませんから」

彼が答えると、佳代子が言った。

「分かりました。では失礼してこのまま」

純司は答えて電話を切り、いつもの習慣でノーパンのままの浴衣を整え、帯を締め直して部屋を出た。

（一緒に飲みたいのだろうか。それとも……）

絵美が言っていたように、佳代子も寂しさから男を欲しているのではないか。そんなことを思うと、すぐにまたムクムクと勃起してきてしまった。

絵美と濃厚なセックスをしたばかりなのに、やはり男というものは、相手さえ変わればリセットされたように淫気が甦るものなのかも知れない。

それに純司は昨夜、美女たちの浸かった水をくぐり、異常に性欲が増してきているのを感じていた。

確かに、あの人魚たちの、魔法の水に入ってから急に女性運が向いてきたのではないだろうか。

脇の階段を上がり、二階の隅にある佳代子の部屋のチャイムを鳴らすと、すぐ彼女が開けて招き入れてくれた。

佳代子はブラウスのタイトスカートのまま、デスクには書類が置かれ、今まで事務をしていて終え、そろそろ飲もうという頃合いだったようだ。

「済みません、こんな格好で」

「いいえ、水割りでいいですか」

純司が言うと佳代子は答え、小さなホームバーで水割りを二つ作ってくれた。

大きな窓の向こうは海、入り江に立ち並ぶ他のホテルの夜景が綺麗だった。

部屋は広いツインで、今夜は真凜がいないが、室内には生ぬるく甘ったるい匂いが立ち籠めていた。

「一人で飲むのも寂しかったので」

「ええ、お付き合いします。あらためて、お疲れ様でした」

彼は言い、グラスを受け取ってソファに座り、並んで腰掛けた佳代子と軽くグラスを触れ合わせた。

「泣かずに済みましたか」

「ええ、何とか大丈夫」

訊くと佳代子が答え、実際目元が腫れているようなこともなかった。

あとはしばし夜景を見て、それぞれの思いに耽《ふけ》りながら無言でグラスを傾けていたが、やがて彼女がグラスを置いて小さく溜息《ためいき》をつくと、そのまま純司の肩に寄りかかってきたのである。

「あ……」

純司は小さく声を洩らし、彼女を支えながら自分もグラスを置き、どうしたものやらとじっと身を強ばらせていた。

淫気は満々だが、何しろ相手は社長の娘で支配人である。

いかに彼女から素振りを見せようと、図々《ずうずう》しく自分から行動を起こすわけにいかなかった。

佳代子も相当に緊張しているようで、身を寄せたままじっと息を詰めていた。

彼の腕には、佳代子の巨乳が密着し、ブラウス越しの温もりとともに柔らかな感触が伝わってきた。

何か行動を起こそうとしてためらっているのか、彼からの行動を待っているのかも知れない。呼吸が微かに震え、あるいは不倫衝動など初めてのことなのではないだろうか。

じっとしているのが疲れてきたので、純司はそろそろと腕を回し、そっと彼女の肩を抱いてやった。

すると佳代子は、さらに身体を密着させてきた。

目の下にはセミロングの黒髪があって甘く匂い、彼はそっと髪に唇を押し当てた。

「抱いて下さい……」

するとも佳代子が、意を決したように彼の胸で小さく言った。

「で、でも……」

「どうか嫌と言わないで。真面目な人だとは充分に承知しているのですけど……」

彼女が熱く囁き、純司の胸に顔を押し付けたまま、そっと彼の裾を割って指を挿し入れてきたのである。

「あう……」

いきなり勃起したペニスに触れられ、純司は思わず呻いた。

「まあ、こんなに……」

佳代子は、彼がノーパンで来ていることと、激しい勃起に驚いて息を呑《の》んだ。

「これなら、もうＯＫということですよね……」

彼女は言って身を起こし、彼の手を引いてベッドへと導いた。

そして部屋の照明を落とすと、あとはためらいなくブラウスのボタンを外しはじめたのだった。

もちろん純司に否やはなく、まして以前からオナニー妄想でお世話になっていた憧れの美人上司だから、彼も帯を解いて浴衣を脱いでいった。

たちまち全裸になってベッドに横たわり、佳代子を見ると、彼女は背を向けて、もう手早くブラウスを脱いでスカートを下ろし、ブラとストッキングを脱いで白く滑らかな熟れ肌を露《あら》わにしていった。

最後の一枚を下ろしながら前屈《まえかが》みになると、白く豊満な尻が彼の方に突き出されてきた。

逆ハート型の豊かな双丘は、思わずゴクリと生唾を飲むほど艶《なま》めかしかった。

やがて全裸になると、佳代子は胸を隠して向き直り、素早くベッドに上ってきた。

「すごく勃っていて嬉しい……。好きにさせて下さいね」

佳代子はペニスに熱い視線を注いで言い、いきなり屈み込んできた。

さんざん躊躇《ちゅうちょ》していたくせに、いざするとなると実に大胆で積極的だった。

幹に小指を立てて手を添え、粘液が滲《し》みはじめている尿道口に滑らかに舌を這わせてきたのだ。

「アア……」

慈しむような、あるいは賞味するような何とも優雅な舌の蠢きに純司は身を強ばらせて喘ぎ、仰向けのまま身を強ばらせてヒクヒクと幹を震わせた。

彼女は満遍なく亀頭に舌を這わせてから、スッポリと呑み込んでいった。

根元まで深々と含み、熱い鼻息で恥毛をくすぐりながら、幹を口で丸く締め付けて吸い、口の中ではクチュクチュと舌がからみつくように蠢いた。

「あう……、気持ちいい……」

純司は身を投げ出し、快感に口走りながら、美女の清らかな唾液にまみれた幹をヒクヒク震わせた。

セミロングの黒髪がサラリと内腿をくすぐり、溢れた唾液が幹を伝い流れ、生温かく陰嚢を濡らした。

恐る恐る股間を見ると、佳代子は上気した頬をすぼめて強く吸い付き、たまに吸いながらチュパッと引き抜いては繰り返し含んでくれた。

超美女は、いかに吸い付いて口を突き出しても変顔にならず、実に上品にペニスを賞味していた。

「も、もう……」

純司は、ジワジワと絶頂を迫らせ、降参するように腰をよじって言った。さっき絵美と一回していなかったら、感激と快感でとうに漏らしていたことだろう。

すると佳代子もスポンと口を離し、艶めかしくチロリと舌なめずりしながら添い寝してきた。

「どうか、入れて下さい……」

彼女が身を投げ出して言うと、純司も巨乳に顔を埋め込み、ツンと突き立った乳首を舌で転がしながら豊かな膨らみを顔中で味わった。

汗ばんだ胸元や腋からは、何とも甘ったるい匂いが悩ましく漂っていた。

佳代子がシャワーも浴びなかったのは、あまりに淫気が高まって待ちきれなかったのと、どうやら純司がすぐにも性急に挿入してくると思ったからかも知れない。

それでも彼女も仰向けの受け身体勢になり、純司は左右の乳首を交互に心ゆくまで味わった。

さらに腋の下に鼻を埋め込むと、

「あう、ダメ……」

佳代子がビクリと身じろぎ、息を震わせて呻いた。

腋はスベスベだが生ぬるくジットリと湿り、ミルクに似た汗の匂いが馥郁と鼻腔を刺激してきた。

「いい匂い」

「う、嘘《うそ》……、今日はずいぶん動き回って汗かいているのに……」

嗅ぎながら言うと、佳代子がクネクネと身をよじらせて言った。

純司は舌を這わせ、脇腹を舐め降りて腹の真ん中に移動し、形良い臍を舐めて弾力ある腹部に顔中を押し付けた。

そして豊満な腰のラインにも舌を這わせながら、そろそろと彼女の股を開かせ、真ん中に腹這いになり、ムッチリと量感ある白い内腿を舐め、熱気の籠もる股間に顔を迫らせていった。

2

「ど、どうか早く入れて……」

佳代子が、腰をくねらせて挿入をせがんできた。

「舐めてからです。私もおしゃぶりして頂いたので」

「わ、私はいいです。シャワーも浴びていないのに……、アア……」

純司の熱い視線と息を股間に感じると、佳代子はビクッと顔を仰け反らせて喘ぎ、湿り気ある生ぬるい匂いを揺らめかせてきた。

見ると、ふっくらした股間の丘には黒々と艶のある恥毛がふんわりと程よい範囲に茂っていた。

肉づきが良く丸みを帯びた割れ目からは、ピンクの花びらがはみ出し、すでにヌラヌラと艶めかしく潤っているではないか。

そっと指を当てて陰唇を広げようとするとヌルッと滑り、さらに奥に当て直して開くと、綺麗な柔肉が丸見えになった。

かつて真凜が産まれ出てきた膣口は濡れた襞を入り組ませて息づき、ポツンとした小さな尿道口もはっきり確認できた。

包皮を押し上げるようにツンと突き立ったクリトリスは、真珠色の光沢を放って愛撫を待つように震えていた。

「そ、そんなに見ないで、早く……、あう……!」

熱い視線を感じながら言ったが、いきなり彼がギュッと顔を埋め込むと、佳代子は声を上げて内腿で顔を挟み付けてきた。

純司はもがく豊満な腰を抱え込んで押さえ、柔らかな茂みに鼻を擦りつけ、隅々に籠もる匂いを貪った。やはり大部分は腋と同じ甘ったるい汗の匂いで、それに蒸れた残尿臭もほんのり混じって鼻腔を刺激してきた。

(ああ、とうとう佳代子さんの股間に辿り着いた……)

彼は興奮を高めて嗅ぎ、割れ目に舌を這わせていった。

膣口の襞をクチュクチュ掻き回すと、淡い酸味のヌメリが舌の動きを滑らかにさせた。ゆっくりクリトリスまで舐め上げていくと、

「アアッ……！」

佳代子が身を弓なりに反らせて喘ぎ、内腿に力を込めて悶《もだ》えた。

チロチロと舌先で弾くようにクリトリスを舐めると、さらに愛液の量が格段に増してきたようだ。

もう彼女も、舐められてしまった以上快感に羞恥を忘れ、拒むことなくヒクヒクと白い下腹を波打たせて感じはじめたようだった。

純司は溢れる愛液を舌で掬《すく》い取《と》ってから、さらに彼女の両脚を浮かせ、白く豊満な尻に迫った。

谷間の蕾はレモンの先のようにやや肉を盛り上げ、何とも艶めかしい形状をしていた。鼻を埋め込むと顔中に豊かな双丘が心地よく密着し、蒸れた匂いが鼻腔を満たしてきた。

舌を這わせて襞を濡らし、ヌルッと潜り込ませて滑らかな粘膜を探ると、

「あう、ダメ……！」

また佳代子が声を上げ、キュッときつく肛門で舌先を締め付けてきた。

純司が内部で舌を蠢かせると、彼女はもがきながら脚を下ろしてしまい、自然に舌が引き抜け、彼は再び割れ目に戻った。

そしてクリトリスに吸い付きながら、指を濡れた膣口に押し込み、小刻みに内壁を擦り、天井のGスポットも指の腹で圧迫した。

今までたった一度きりの風俗と、女房との乏しい経験しかないが、何しろオナニー妄想のため多くの情報を得てテクニックの知識だけは充実している。それを一つ一つ実行しながら、彼は美女の味と匂いを貪った。

「い、いっちゃう……、ダメ……、アアーッ……！」

途端に佳代子が声を上ずらせ、ガクガクと腰を跳ね上げてオルガスムスに達してしまったようだ。

膣内の収縮がきつく指に伝わり、潮でも噴くように大量の愛液が噴出し、あとは声もなく熟れ肌を硬直させて悶え続けた。

何度か波が来るたびビクッと腰を浮かせ、やがてグッタリとなっていった。

「も、もう止めて……」

佳代子が息も絶えだえになって声を絞り出すと、ようやく純司も舌を引っ込め、ヌルッと指を引き抜いて股間から這い出した。

すると彼女は横向きになって身を縮め、なおも息を震わせて痙攣を繰り返した。

純司は彼女が正体を失っている間に髪に顔を埋めて甘い匂いを嗅ぎ、滑らかな背中を舐め降りた。背中にあるブラの痕は汗の味がし、尻から脚をたどり、足裏にも舌を這わせた。

縮こまった指の股に鼻を割り込ませると、やはりそこは汗と脂に生ぬるく湿り、蒸れた匂いが悩ましく沁み付いていた。

純司は、超美女の足の匂いを貪り、爪先にしゃぶり付いて両足とも全ての指の間を舐め回した。

「く……」

佳代子が小さく呻き、ピクリと反応した。

「も、もういいでしょう……、どうか入れて……」

ようやく息を吹き返したように、佳代子がか細く言った。やはり舌と指で気を遣《や》るのと、挿入で一つになる快感は別物なのだろう。

「じゃ、こうして……」

純司は言い、横向きに身を丸めている彼女をうつ伏せにさせ、尻を持ち上げた。

「アア……、後ろからですか……」

佳代子は言いながらも素直に四つん這《よ》《ば》いになり、顔を伏せたまま尻を突き出してくれた。

純司は膝を突いて股間を進め、バックから先端を膣口に押し込んでいった。

女房とは正常位一本だったから、後背位は初の体験である。

ヌルヌルッと一気に根元まで挿入すると、

「あう……！」

佳代子が白い背中を反らせて呻き、キュッときつく締め付けてきた。

純司も肉襞の摩擦と温もり、大量のヌメリを感じながら股間を押し付けると、尻の丸みが密着して何とも心地よかった。

そうか、これがバック挿入の醍醐味《だいごみ》かと思い、豊満な尻の感触を味わいながら彼は腰を抱えてズンズンと律動した。さらに覆いかぶさって両脇から手を回し、たわわに実る巨乳を揉《も》みしだいた。

「い、いい気持ち……、もっと突いて……」

佳代子も尻をくねらせて口走り、溢れる愛液が内腿にも伝い流れた。

しかし純司は、やはり顔が見えないのが物足りず、途中で身を起こしてヌルッと引き抜いてしまった。

「今度は横向きになって下さい」

快感を中断された佳代子が喘ぐと、彼は言って横向きにさせた。

そして上の脚を真上に差し上げ、下の内腿に跨がると、松葉くずしの体位を試して再び滑らかに挿入していった。

「ああ……」

そして上の脚にしがみつくと、互いの股間が交差して密着感が高まり、彼は何度か動きながら、また途中で引き抜いた。

これだけ多くの体位を体験できて保てるのは、やはり絵美と一回しておいたからだろう。

最後に佳代子を仰向けにさせると、いよいよ正常位で根元まで挿入し、脚を伸ばして身を重ねていった。

「アア……、もう止めないで……」

佳代子が両手を回してしがみつき、熱く甘い息でせがんだ。

体重を預けると胸の下で巨乳が押し潰れて心地よく弾み、彼女が待ちきれないようにズンズンと股間を突き上げてきた。

昨夜の絵美との時のように抜けないよう注意しながら、彼も腰を突き動かした。

このままナマの中出しをしても大丈夫のようだ。

絵美は二十代だったから確認したが、四十代半ばで大人の佳代子が何も言わないのだから構わないのだろう。

次第に互いの動きをリズミカルに一致させると、揺れてぶつかる陰嚢も愛液に生温かく濡れ、ピチャクチャと淫らな摩擦音も聞こえてきた。

さっきは泣きそうだったのに泣かずに済んだと言うから、その水分が全て愛液に回されたかのようだった。

上からピッタリと唇を重ねると、

「ンン……」

佳代子も熱く鼻を鳴らしながら、ネットリと舌をからめてきた。

滑らかに蠢く舌の感触と生ぬるい唾液を味わい、いよいよ純司も高まってきた。

「アア、いきそう……、強く突いて、何度も奥まで……」

佳代子が口を離して仰け反り、淫らにせがみながら熱い息を弾ませた。喘ぐ口に鼻を押し込んで嗅ぐと、超美女の吐息は湿り気があり、白粉《おしろい》のように甘い匂いを含んで鼻腔を刺激してきた。

（ああ、佳代子さんの匂い……）

純司は感激に包まれながら、何やらこのまま超美女の口から呑み込まれ、溶けて栄養にされたいような気になった。

そして彼は、とうとう摩擦快感と、憧れの佳代子と一つになった悦《よろこ》び、悩ましい息の匂いに昇り詰めてしまった。

「く……！」

大きな絶頂の快感に全身を貫かれて呻き、純司はありったけの熱いザーメンをドクンドクンと勢いよく注入したのだった。

3

「あう……、い、いく……、すごいわ、ああーッ……！」

噴出を受け止めた途端、佳代子もオルガスムスのスイッチが入ったように声を上げて喘ぎ、彼を乗せたままブリッジでもするようにガクガクと身を反り返らせた。

巨体の彼が上下にバウンドするほどだから、実に激しい絶頂だった。

純司は暴れ馬にでもしがみつく思いで、抜けないよう気をつけながら腰を遣い、心置きなく最後の一滴まで出し尽くしていった。

まさか同じ夜に二人、二十代と四十代の美女をそれぞれ味わえるなど、まるで今までモテなかった分の幸運が一気に押し寄せたようだった。

満足しながら徐々に動きを弱めてゆき、彼が佳代子にもたれかかると、

「ああ……」

彼女も声を洩らし、熟れ肌の強ばりを解いてグッタリと身を投げ出した。

まだ膣内は名残惜しげな収縮が繰り返され、刺激された幹が内部で過敏にヒクヒクと跳ね上がった。

そして純司は、佳代子の喘ぐ口に鼻を押し付け、熱く湿り気ある白粉臭の吐息を胸いっぱいに嗅ぎながら、うっとりと快感の余韻を味わったのだった。

あまり長く乗っているのも悪いので、彼はそろそろと股間を引き離し、ゴロリと横になった。

すると佳代子は、何度かビクッと肌を震わせていたが、ようやく呼吸を整えると身を寄せ、また顔を上げて唇を重ねてきたのである。

射精すると気が済む男と違い、女性は絶頂のあとも密着しながら戯れていたいようだった。

滑らかに舌をからめながら、彼女がそろそろと濡れたペニスに指を這わせてきた。

「唾を、もっと下さい……」

唇を触れ合わせながら囁くと、佳代子も懸命に唾液を分泌させ、生ぬるく小泡の多い粘液をトロトロと口移しに注《つ》ぎ込《こ》んでくれた。

それを味わって飲み込むと、乾き気味の喉が心地よく潤った。

そして超美女の唾液と吐息を吸収し、指で弄ばれるうちペニスがムクムクと回復してきたのである。

「まあ、まだ出来るの……？」

佳代子が唇を離し、驚いたように言った。

「済みません。何しろずっと憧れていたので嬉しくて……」

「でも、もう私は充分だわ。もう一回したら明日動けなくなりそう」

彼女が言って身を起こし、大股開きにさせた純司の股間に移動した。

すっかり元の硬さと大きさを取り戻したペニスに熱い視線を注ぎ、愛液とザーメンに濡れている先端に舌を這わせてきた。

「あう……」

純司は刺激に呻き、彼女の鼻先でヒクヒクと幹を上下させた。佳代子は念入りに尿道口を舐め回し、ヌメリを綺麗にしてから胸を寄せ、巨乳を擦り付けてきた。

「ああ……」

これも実に心地よくて彼は喘いだ。

肌の温もりと柔らかく豊かな谷間に挟まれ、時にコリコリと硬くなった乳首が肉棒の裏側や陰嚢にも押し付けられてきた。

佳代子は濃厚なパイズリをしながら再び舌を這わせ、今度はスッポリと根元まで呑み込んでいった。

深々と含んで吸い付き、ネットリと舌をからめながら熱い息を股間に籠もらせ、顔を上下させてスポスポと強烈な摩擦を開始してくれた。

「アア……、漏れちゃうといけませんから……」

純司は夢のような快感に高まり、警告を発するように口走った。

しかし佳代子は愛撫を止めず、リズミカルな摩擦を繰り返した。

どうやら、このまま口で果てて構わないらしい。しかし、憧れの美女の口を汚して良いものだろうか。

そう思うだけで、なおさら禁断の快感が増してしまい、いつしか彼もズンズンと股間を突き上げて高まってしまった。

その間も、佳代子は彼の絶頂を待つように愛撫を続けていた。

まるで全身が縮小し、美女のかぐわしい口に含まれ、唾液にまみれて舌で転がされているような快感だった。

「い、いく……、ああッ……！」

とうとう純司は絶頂に達してしまい、声を洩らしながらありったけのザーメンをドクンドクンと勢いよくほとばしらせてしまった。

「ク……、ンン……」

喉の奥を直撃され、佳代子が小さく呻きながらも舌の蠢きと吸引、摩擦を続行してくれた。

女性の最も清潔な口に射精するなど、純司にとっては生まれて初めての体験であった。もちろん女房はしてくれたこともないし、風俗でもサック装着のフェラしか経験していない。

しかも佳代子は、さらにチューーッと吸い付いてくれたのだ。これが噂《うわさ》のバキュームフェラというのだろうか。

「ンン……」

佳代子も熱く鼻を鳴らし、最後の一滴まで吸い取ってくれた。

「あうう……」

純司は、魂まで吸い取られそうな快感に呻いて腰をよじった。

射精中に吸引されると、ドクドクと脈打つリズムが無視され、何やら陰嚢から直《じか》に吸い出され、ペニスがストローと化したかのような大きな快感があった。

彼が力尽きてグッタリと身を投げ出すと、ようやく佳代子も摩擦と吸引を止め、亀頭を含んだまま、口に溜まったザーメンをゴクリと飲み込んでくれた。

「く……」

嚥下《えんか》と同時に口腔《こうこう》がキュッと締まり、彼は駄目押しの快感に呻いた。

やっと佳代子がチュパッと口を離すと、なおも余りをしごくように幹を握って動かし、尿道口に脹らむ白濁の雫《しずく》まで念入りに舐め取ってくれた。

「あう……、ど、どうか、もう……」

純司は呻き、降参するように過敏に腰をくねらせた。

すると、佳代子もようやく舌を引っ込めて添い寝してきた。

「すごいわ。二回も続けて射精出来るなんて」

佳代子が腕枕し、胸に抱いてくれながら囁いた。

二回どころか、ついさっき純司が絵美とセックスしたことなど彼女は夢にも思っていないだろう。

純司は荒い呼吸を整え、彼女の息を嗅ぎながら余韻に浸った。

佳代子の吐息にザーメンの生臭さは残っておらず、さっきと同じ上品でかぐわしい白粉臭がしていた。

4

「わざわざ有難《ありがと》うございます。どうぞ、お茶でも」

純司がアパートを訪ねていくと、デザイナーの千恵里が迎え入れてくれた。

今日は佳代子に言われて、彼女の私物を届けに来たのである。

千恵里も地元のタウン誌のカットを描いていて忙しく、ホテルへ来る時間が無かったようだ。

上がり込むと、キッチンの他は広いワンルームで、奥の窓際にベッド。あとは夥《おびただ》しいデザイン関係の本や画材が山となり、室内には身の回りに拘《こだわ》らない三十歳の独身女性の、悩ましい匂いが濃厚に立ち籠めていた。

今日も千恵里は丸メガネにお下げ髪で、アニメ声を出す風変わりな美女だが、今日は少女っぽい服ではなく楽なジャージ姿だった。

「カットが忙しいようで」

「ええ、でも徹夜明けで済んだばかりです。タウン誌も最後の仕事だったから、来月には東京へ帰ってデザイン学校の講師に戻ります」

純司が荷物を渡して言うと、千恵里は紙コップに冷蔵庫の烏龍茶《ウーロンちゃ》を注いでくれながら答えた。

「散らかってるので、その辺へ座って下さい」

彼女が仕事机の椅子に腰かけて言うので、純司も紙コップを持ってベッドの隅に座った。

「かなり熱を込めてデザインして、壁の絵を描いた水槽が取り壊されるのは寂しいです」

「ええ、あの小部屋も実に人魚が休憩するのに似合ってましたね」

千恵里が感慨を込めて言い、純司も烏龍茶を飲んで答えた。おかげで、その小部屋で絵美と懇ろになり、全ての幸運の切っ掛けとなったのだ。

「ね、主任の姿をスケッチしていいですか？」

いきなり千恵里が、目をキラキラさせて言い、返事も待たずにスケッチブックを開いた。

「え……？　僕なんかを描くの？」

「東京では、講師の他に雑誌のカットも描くので、その参考にしたいんです。主任のことは、前から大きなクマさんのぬいぐるみみたいで可愛いと思っていました」

「そう、いいけど……」

千恵里が言い、純司も頷《うなず》いた。今日は特に忙しくないので、すぐ戻る必要もないのである。

「わあ、良かった。じゃ脱いで寝て下さい。全部」

「え、ヌードなの……？」

「雑誌はエロ系が多いんです。お願いします」

「恥ずかしいな……、太ってて醜いし……」

「モデル体型じゃないのが良いんです。どうか」

懇願され、純司もコップを置いて立ち上がり、スーツとズボン、ワイシャツを脱ぎはじめた。そして靴下も下着も全て脱ぎ去り、緊張と興奮に胸を震わせながらベッドに横たわった。

枕には、千恵里の濃厚な髪や汗、涎《よだれ》の匂いなどが悩ましく沁み付いて、その刺激が否応《いやおう》なく股間に伝わってきてしまった。

「仰向けでそのまま」

千恵里は言って手早く鉛筆を走らせたが、彼女の視線が股間に注がれると、まるで愛撫を受けているようにムクムクと勃起してきた。

「わあ、勃ってきたわ。じゃ両脚を抱えて開いて」

彼女が歓声を上げて言い、スケッチブックを持ったまま椅子から立ってベッドに身を乗り出してきた。

「こ、こうかな……」

純司は言い、自ら両脚を浮かせて抱えると、千恵里が彼の股間を覗《のぞ》き込《こ》むように顔を寄せて鉛筆を走らせた。

「ああ……」

ペニスどころか、陰嚢から肛門まで覗き込まれ、純司は激しい羞恥と興奮に声を洩らした。

千恵里は何度も熱い視線を注いでスケッチをすると、やがて画材を置いて自分もジャージを脱ぎはじめてしまった。

「いいですか？　興奮してきちゃった」

たちまち一糸まとわぬ姿になると、彼女が言って身を寄せてきた。

丸メガネを外した顔が意外にも整い、スッピンの雀斑《そばかす》も実に西洋人形のように魅惑的に映った。

しかもぽっちゃり型の彼女は、実に豊かな胸をしていた。

添い寝してきたので彼は甘えるように腕枕してもらい、白く豊満な膨らみに顔を寄せると、甘ったるい汗の匂いが濃厚に漂った。

それに千恵里がいかに気を遣わずケアもしていないかの証拠に、腋の下には淡い和《にこ》毛《げ》も煙っていたのである。

今は彼氏もおらず、女を捨てて仕事一筋に生きているようだった。

あまりに艶めかしく、純司は彼女の腋の下に鼻を埋め込み、豊かな乳房に手を這わせはじめた。

「アア……」

千恵里が熱く喘ぎ、ビクリと身じろぐたびに、さらに濃い匂いが揺らめいた。

色っぽい腋毛《わきげ》に鼻を擦りつけると、濃厚な汗の匂いが甘ったるく鼻腔を満たし、彼は胸をいっぱいに満たしてから移動し、チュッと乳首に吸い付いていった。

「あう、いい気持ち……」

千恵里が喘ぎ、両手で彼の顔をきつく胸に抱きすくめてきた。

純司も顔中が柔らかな膨らみに埋まり込み、心地よい張りと窒息感の中で舌を這い回らせた。

左右の乳首を順々に含んで舐め回し、甘ったるい匂いに酔いしれながら顔中で膨らみの感触を味わい、さらに滑らかな肌を舐め降りていった。

臍を舐めて顔中を押し付け、腹部の弾力を味わうと、微かな消化音が聞こえ、いかに人形のような美女でも生身であることが分かった。

張り詰めた下腹から腰、ムッチリした太腿を舌でたどり、脚を舐め降りても彼女はじっとされるままになってくれた。

丸い膝小僧を舐めて脛《すね》に行くと、そこにはまばらな体毛があり、これも野趣溢れる魅力に思えて舌を這わせた。

足首まで行って足裏に回り込み、踵から土踏まずを舐めて、縮こまった指の間に鼻を割り込ませると、そこは生ぬるい汗と脂にジットリと湿り、ムレムレの匂いが濃く沁み付いていた。

今までで最も濃厚な美女の足の匂いを貪り、純司は激しく興奮しながら爪先にしゃぶり付き、順々に指の股にヌルッと舌を挿し入れて味わった。

「アア……、汚いのに……」

千恵里が喘ぎ、足指でキュッと舌を挟み付けてきた。

純司はもう片方の爪先も、味と匂いが薄れるほど貪り尽くしてしまった。

そして股を開かせて脚の内側を舐め上げ、白く滑らかな内腿をたどり、熱気と湿り気の籠もる股間に迫った。

見ると黒々と艶のある恥毛は情熱的に濃く、割れ目からはみ出す陰唇もすでにヌメヌメと潤っていた。

指で陰唇を広げると、花弁状の襞の入り組む膣口が息づき、亀頭型をした大きめのクリトリスがツンと突き立って光沢を放っていた。

「あ、あの、長くシャワーも浴びてないんですよ……、あう！」

千恵里は遠慮がちに言ったが、彼が顔を埋め込むと熱く呻き、ムッチリと内腿で両頬を挟み付けてきた。

純司は柔らかな恥毛に鼻を擦りつけ、隅々に籠もる濃厚な汗とオシッコの匂いに噎《む》せ返《かえ》り、酔いしれながら舌を挿し入れていった。

内部の柔肉は淡い酸味のヌメリが生ぬるく満ち、すぐにも舌の動きがヌラヌラと滑らかになった。

膣口からクリトリスまで味わいながら、ゆっくり舐め上げていくと、

「あう、いい気持ち……！」

千恵里がビクッと顔を仰け反らせて口走り、キュッと内腿に力を込めた。

彼がチロチロと舌先で弾くようにクリトリスを舐めると、もう千恵里も羞恥など吹き飛んだように快感にのめり込んでいった。

純司が上の歯で包皮を剝《む》き、完全に露出した突起に吸い付き、執拗《しつよう》に舌を上下左右に蠢かせると、

「そ、それ、いい……、いきそう……」

彼女がヒクヒクと下腹を波打たせて言い、大量の愛液を漏らしてきた。

さらに彼は千恵里の両脚を浮かせ、さっき自分がしたような格好にさせて尻の谷間に迫った。

薄桃色の蕾がキュッと可憐に閉じられ、鼻を埋めて嗅ぐとほのかに蒸れたビネガー臭が鼻腔を刺激してきた。

純司が舌を這わせ、息づく襞を濡らしてからヌルッと潜り込ませると、

「アア……、ダメ……」

千恵里が声を上ずらせ、肛門で舌先をきつく締め付けてきた。

彼が淡く甘苦い粘膜を搔き回すと、割れ目からさらに新たな蜜が溢れてきた。

充分に味わってから、再び割れ目に戻って大洪水の愛液をすすり、クリトリスに吸い付くと、

「来て、跨いで……」

千恵里が彼の手を引いて言った。純司も舌を引っ込めて身を起こし、引っ張られるまま彼女の胸に跨がった。

すると千恵里が顔を上げて彼の腰を引き寄せ、勃起した先端にしゃぶり付いてきたのである。張り詰めた亀頭を舐め回し、深く含んで吸い付き、熱い鼻息で恥毛をそよがせた。

「ああ……」

純司も快感に喘ぎ、彼女の吸引と舌の蠢きに高まった。しかも尻の下では、豊かな膨らみが心地よく弾んでいた。

千恵里は念入りに舌を這わせて吸引しながら、手を伸ばして枕元の引き出しからコンドームを取り出した。袋を破いて口を離すと、唾液に濡れた亀頭にかぶせ、巧みに装着してくれたのだ。

ふと開いた引き出しを見て、純司は驚いた。中には何とペニスを模したバイブや、楕円《だえん》形のピンクローターなどが入っていたのである。

「ああ、彼と別れてから使っていたの。このコンドームも、男用じゃなくバイブ用」

千恵里が装着を終えて言い、

「じゃ入れて下さい。その前に、これをお尻に」

ローターを引っ張り出して手渡してきた。

受け取って彼女の股間に屈み込むと、千恵里は自ら両脚を浮かせて尻を突き出してきた。

見るとピンクの肛門は、上から溢れる愛液にヌメヌメと潤い、彼は楕円形のローターを押し当て、指の腹を当ててゆっくり押し込んでいった。

可憐な襞が丸く押し広がり、見る見るローターが呑み込まれて見えなくなると、あとは電池ボックスに繋《つな》がるコードが伸びているだけだ。

「アア……、スイッチを……」

深々と受け入れながら彼女が言い、純司がスイッチを入れると、中からブーン……と低くくぐもった振動音が聞こえてきた。

「い、入れて……」

千恵里がせがみ、純司も興奮を高めながら股間を進め、サックの着けられた先端を割れ目に押し当て、ゆっくりと膣口に挿入していった。

ヌルヌルッと根元まで押し込むと、ローターで直腸が塞がれているせいか、大変な締め付けだった。しかも振動が、間の肉を通してペニスの裏側にも妖しく伝わってきたのだ。

純司は股間を密着させ、経験したことのない快感を味わいながら、ゆっくりと身を重ねていったのだった。

5

「あうう……、いい気持ち……」

千恵里は、前も後ろも貪欲に感じながら呻き、下から両手を回して激しく純司にしがみついてきた。

彼も初めての感触に酔いしれながら、きつい膣内で徐々に腰を突き動かすと、すぐにも大量の愛液で律動が滑らかになっていった。

千恵里も下から股間を突き上げ、互いの動きがリズミカルになると、純司は上からピッタリと唇を重ね、舌を挿し入れた。

「ンン……」

彼女も熱く呻きながら、チロチロと舌をからみつけた。唾液にまみれた滑らかな舌が蠢き、純司は心ゆくまで味わいながら絶頂を迫らせていった。

「い、いきそうよ……、もっと乱暴にお願い……」

千恵里が口を離し、顔を仰け反らせながらせがんできた。

吐き出される熱い吐息は湿り気を含み、甘さの中にほのかなオニオン臭も感じられて、その刺激も悩ましかった。

徹夜明けで歯磨きもしていない美女の口臭というのが、やけにリアルで生々しく胸に沁み込んだ。

これは一種の、美女と刺激臭というギャップ萌《も》えなのだろう。

反発を感じる一歩手前の濃度というのが、実は一番興奮を高める匂いなのだと彼は実感した。

コンドーム越しのセックスというのも女房以来久々なのだが、快感が削《そ》がれることもなく、むしろ味わったことのないタイプを相手に彼は急激に高まった。

すると先に、千恵里の方がオルガスムスに達してしまった。

「い、いっちゃう……、アアーッ……！」

声を上ずらせ、ガクガクと狂おしい痙攣を開始して収縮を強めた。

その勢いに巻き込まれるように、続いて純司も絶頂に達してしまった。

「く……！」

大きな快感を受け止めて呻き、熱いザーメンをドクンドクンと勢いよくほとばしらせた。

「アアッ……！」

コンドーム越しでも彼の射精の脈打ちが伝わるのか、千恵里は駄目押しの快感を得たように声を上げ、反り返って硬直した。

純司も股間をぶつけるように激しく突き動かし、心地よい摩擦と収縮、そして振動の中心置きなく最後の一滴まで出し尽くした。

満足しながら徐々に動きを弱めてもたれかかると、千恵里も回していた腕を解き、グッタリと四肢を投げ出していった。

互いに動きを止めても、まだローターの音が低く続き、振動が射精直後で過敏になったペニスを裏側から刺激していた。

純司はのしかかったまま、千恵里の濃厚な吐息を嗅いで胸を満たし、うっとりと余韻を味わった。

しかし巨体が乗っていると悪いので、純司は呼吸も整わないうちに身を起こした。

そっとペニスを引き抜くと、割れ目は満足げに陰唇をはみ出させて息づいている。

彼はスイッチを切り、コードを握ってそろそろとローターを引っ張り出した。

「あう……」

余韻に浸っていた千恵里が呻き、肛門が襞を張り詰めさせて丸く広がり、奥からピンクのローターが顔を覗《のぞ》かせてきた。

やがてツルッと抜け落ちると、肛門は一瞬内部の粘膜を覗かせていたが、徐々につぼまって元の可憐な形状に戻っていった。

ローターの滑らかな表面に汚れはないが、ティッシュに包んで置き、さらにコンドームも外してティッシュに包み込んだ。

「シャワー使いますか……」

「いや、あまり長いと変に思われるのでね、これで帰るよ」

「そう、私はこのまま寝ますね」

千恵里は、全裸のまま身を投げ出して言った。

「主任も東京へ帰るんでしょう？　また会えますよね」

「ああ、来月からは本社勤務に戻るから連絡して」

彼は身繕いしながら言い、携帯番号をメモしてやった。

「戸締まり大丈夫？」

「ええ、ロックしてから閉めて下さい」

言われて純司は靴を履いてドアを開け、昔ながらのノブのポッチを押してから閉めて確認すると、ちゃんとロックされていた。

ホテルへ戻るとちょうど昼で、業者の荷物運び出しも一段落したようだ。

純司がラウンジで、すっかり残り少なくなった食材で昼食を済ませると、佳代子が顔を見せた。

「これから東京本社へ戻るわ」

「そうですか。お疲れ様です」

「二泊ぐらいで戻るので、あとはよろしくお願い」

「分かりました」

彼は答え、佳代子を見送ると一度部屋に入ってシャワーを浴び、また一人でフロント脇の事務室で書類整理に戻った。

もうあらかた器材は運び出され、通う従業員の数もめっきり少なくなっていた。

今日はシンクロのサークルもお休みのようで、館内は実に静かだった。

（それにしても……）

閉館の後始末要員として短期出張させられ、最初は面倒な仕事だと思っていたが、最後の最後で、これほどの女性運に恵まれるとは思わなかった。

絵美との初回以来、次々に女性と縁が持てるので、もうオナニーもしていないのである。

人生に一度きりのモテ期が、五十五歳になってやって来たのだろう。

だから本当に、ここへ来て良かったと思ったものだ。

これで東京本社に戻り、自分の席がそのままで、さらにまた佳代子とも懇ろになれれば言うことはない。

やがて午後の業者が残りの荷を運び出し、それが済むと彼はソファで仮眠を取り、起きてから館内や別棟のスパを見回った。

順々に戸締まりをして戻り、日が暮れると残務整理に残っていた数少ない従業員も帰っていった。

あとは一人で夕食をし、少しぐらい酒を飲んでのんびりしようと思った。今夜は一人なので、寝しなにオナニーしてしまうかも知れない。

すると、そこへ真凜がやって来たのである。

「やあ、どうしたの」

「二階に教科書が置きっぱなしだから、明日はここから学校へ行きます」

訊くと、真凜が愛くるしい笑顔で答えた。長く美しい黒髪に、幼げな笑窪《えくぼ》、そして女子大生らしい清楚《せいそ》な服装をしていた。

「そう、一緒に夕食する？」

「ええ、仕度しますね」

言うと、彼は一緒にラウンジへ行った。

シチューなどの余り物をレンジで温め、もう瓶ビールはないので販売機の缶ビールを買ったが、二十歳になったばかりで、まだあまりアルコールに慣れていない真凜は烏龍茶だ。

客席のテーブルで差し向かいに座って食事をし、一本の缶ビールを開けると、純司は余り物のワインも出した。

「じゃ私も少しだけ」

真凜も言ってグラスを持ってきたので注いでやり、あらためて乾杯した。

佳代子が東京に行ったことは、ラインで知っているようだ。

客席から暗い大水槽を見ると、中は見えずガラスに二人が映っていた。純司は、そこで可憐に舞う真凜の幻が見えるようだった。

「明日はみんなでスイミングの練習に来るのかな？」

「ええ、来ます」

「お母さん、支配人が言ってたよ。真凜ちゃんの乳首ポロリがあるんじゃないかと心配だったって」

「大丈夫です。しっかり着けていたから。でも最初は見られるのがすごく恥ずかしかったです」

人魚のコスチュームなので股が開くことはないが、それでも上半身はブラだけで肌の露出が多かった。

「そう、オシッコとかは大丈夫だった？」

「やだあ、主任さん」

真凜は笑って答え、こっそり漏らした覚えでもあるようにワインの残りを一気に飲み干してしまった。

「真凜ちゃんは社員じゃないし、もうバイトも済んだんだから、主任なんて言わなくていいよ。水野さんで」

「じゃ、おじさま。人魚の仲間たち、みんなそう呼んでいたんですよ」

「へえ、何だか恥ずかしいな……、単なるダサいデブのオッサンなのに」

「そんなことないですよ。私、身体の大きな男性大好きです」

真凜が言う。そういえば彼女の父親、佳代子の夫は痩せて貧相なタイプである。

やがて食事を終え、ワインの余りも空になったので二人で洗い物をしてラウンジの灯りを消した。

「ね、私のお部屋に来て下さい」

すると真凜が言い、純司は思わずドキリと胸を高鳴らせたのだった。

第三章　処女のいけない好奇心

1

（まさかな、こんな三回り近く年下の子となんか……）

真凜に招かれるまま二階の部屋に入り、純司はそれでも僅かな期待に胸をときめかせて思った。

もちろん期待はあるが、自分からどうこうする気はない。何しろ真凜は若すぎるばかりでなく、支配人の一人娘であり、社長の一族なのである。

ツインの部屋には、まだ佳代子の熟れた体臭が残っていたが、真凜は気にならないようだ。

先日ここで、純司が佳代子とセックスしたなど、真凜は夢にも思わないだろう。

「お部屋でお話しするのかな？　うわ……」

純司が言いかけると、いきなり真凛が胸に縋《すが》り付《つ》いてきたので、彼は驚いて声を洩らした。

「ど、どうしたの……、慣れないワインに酔ったかな……」

「私、まだ何も知らないんです。おじさまに教わりたくて」

「そ、そんな、まだ処女なの……？」

純司は、黒髪の匂いと密着する温もりに戸惑いながら言った。

考えてみれば真凛は女子高から女子大に行き、ずっと近くのハイツとこのホテルに交互に泊まり、常に母親の近くにいたしサークルとバイトに明け暮れていたから、まだ男と出会うチャンスがなかったのだろう。

「女の子同士となら、少しだけしたことあります」

真凛が、顔を見られるのを恥じらうように彼の胸に顔を埋めて答えた。

（うわ、女の子同士で……）

そんな様子を思わず想像し、股間が密着しているのに彼はムクムクと勃起してきてしまった。

「そ、それなら、もっと年齢の近い男子がいくらでも……」

「若い男の子は軽くて頼りなくて好きじゃないです。教わるなら大人のおじさまが良いんです」

真凜がしっかりしがみつきながら言った。

（処女となんか、して良いのだろうか……）

純司は思った。女房は多分処女だったろうと願っているが、確証はない。しかし真凜は、正真正銘の無垢《むく》なのである。

関係を持ってしまった美人上司の娘で、三十五歳も離れた二十歳の、しかも処女という、禁断の要素が山ほどある子まで、淫らな幸運の神様は彼に与えてくれるというのだろうか。

「私のこと嫌いですか」

「嫌いなんてとんでもない。清らかな天使だと思っているよ」

「それならお願いします。もちろん誰にも内緒で」

真凜は、彼が最も心配していることを言ってくれた。

「うん、絶対誰にも内緒なら……」

純司も欲望に負け、もう勃起を抑えずに答えてしまっていた。拒み通したら傷つくかも知れないし、どうせ今夜は二人きりなのである。

「本当にいいですか？　わあ、私何でもします……」

真凜が顔を上げ、好奇心にキラキラ輝く目を向けて、ようやく身を離した。

「じゃ、急いでシャワー浴びてきます」

「あ、何でもするなら、どうかそのままで……」

純司は、思わず性癖を前面に出して彼女を引き留めた。

「え？　シャワー浴びちゃダメなんですか？」

「うん、僕はさっき浴びて綺麗にしたので、真凜ちゃんはどうかそのままでお願い」

「だって、体育の授業を受けて、そのまま帰ってきたんですよ」

「自然のままが一番いいんだ」

「そ、そうなんですか……、私も、何でもするって言ったから、どうしてもと言うのなら……」

真凜も承知してくれた。実際は好奇心の勢いもついて、このまま行為に入りたい勢いなのだろう。

「じゃ私からもお願い。先に男性がどうなっているのか見せて下さいね」

「う、うん……、じゃ脱いじゃおうね、全部」

とうとう純司は意を決して言い、服を脱ぎはじめていった。

真凜もブラウスのボタンを外し、ためらいなく脱いでいくと、佳代子の匂いの籠もる室内に、徐々に若々しい体臭が生ぬるく混じりはじめてきた。

東京に行っている佳代子も、まさか同じ部屋で純司が娘と懇ろになろうとしているなど考えもしていないだろう。

先に全裸になった純司はベッドに横になると、枕にはやはり真凜の初々しい匂いが悩ましく沁み付いていた。

背を向けて手早く脱いでいた真凜も、最後の一枚を取り去ると向き直った。

身体の線は、人魚ショーで見てきたまま均整が取れ、母親に似て形良い乳房をし、初めて見る乳首は初々しいピンク色だった。股間の翳《かげ》りは淡く、肌からは甘ったるい匂いが漂っていた。

すぐにも彼女がベッドに上り、彼の股間に顔を寄せてきたので、純司も無垢に戻ったように胸を高鳴らせながら、恐る恐る大股開きになっていった。

すると真凜が真ん中に腹這い、触れんばかりに前進してきた。

長い黒髪がひんやりと彼の内腿に流れ、無垢な熱い視線が股間に注がれた。

「わあ、こんなに太くて大きいなんて……」

彼女が見つめながら言った。

処女でも二十歳ともなれば、画像などで男性器の形状や射精の仕組みぐらい知っているだろう。

「触りますね」

「う、うん、好きなようにしていいからね……」

まずは受け身になり、純司が声の震えを押さえるように答えると、真凜はそろそろと指を触れさせてきた。

無垢な指先が幹を撫《な》で、張り詰めた亀頭に触れ、さらに陰嚢にも指が這い回った。

彼女は二つの睾丸を確認するようにそっといじり、袋をつまみ上げて肛門の方まで覗き込んでから、再び肉棒に戻ってきた。

生温かく汗ばんだ手のひらで幹を包み込み、感触や行動を確かめるようにニギニギと動かした。

「ああ、気持ちいい……」

純司は、処女の愛撫に幹を震わせて喘いだ。

無垢な指は、時に予想もつかない動きをし、ペニスに感じる視線と息だけで漏らしそうになってしまった。

「気持ちいいんですね。でも、こんな太いのが入るのかしら……」

真凜は呟《つぶや》き、粘液の滲みはじめた尿道口をヌラヌラと指の腹で擦った。

「は、入るよ。気持ち良くなって、割れ目がうんと濡れれば。自分でいじって濡れることはあるだろう？」

「ええ、あります。ペニスも濡らした方がいいですよね？」

彼女は言いながら、とうとう顔を寄せて先端にチロリと舌を這わせてきたのだ。

「あう……」

純司は唐突な快感に呻き、危うく絶頂を堪えた。

何しろ無垢な娘の舌が最初に触れたのが、男のペニスなのである。

いったん触れると度胸が付いたように、真凜は張り詰めた亀頭をしゃぶり、可憐な口を精一杯丸く開いて含んでくれた。

幹を締め付けて吸い、熱い鼻息で恥毛をくすぐり、口の中ではクチュクチュと舌を蠢かせて亀頭を濡らした。

「アア……」

喘ぎながら股間を見たが出っ腹で見えにくいので、彼は懸命に腹を引っ込め、顔を上げて目を遣った。すると、天使のように可憐な真凜が亀頭をしゃぶり、笑窪の浮かぶ頰をすぼめて吸っている様子が見えた。

「も、もういいよ、漏らすといけないから……」

純司が腰をよじって言うと、ようやく真凜もチュパッと軽やかな音を立てて口を離し、目を上げてチロリと舌なめずりした。

「いいわ、何でも好きなようにするので言って下さい」

彼女が味見を終えて言うので、純司は自分の下腹を指した。

「じゃ、ここを跨いで座って」

「え？　こうですか……」

言うと真凜も身を起こし、恐る恐る言われた通りに彼の下腹に跨がり、割れ目を密着させて座り込んでくれた。

湿り気ある割れ目が心地よく、さらに彼は立てた両膝に真凜を寄りかからせ、

「足を伸ばして顔に乗せて」

勃起したペニスでトントンと彼女の腰をノックしながら言った。

「そんな、大丈夫ですか。重いのに」

「うん、可愛い子にこうされるのが夢だったから」

せがむと、真凜もそろそろと体重をかけて座り、片方ずつ足を浮かせ、そっと足裏を彼の顔に乗せてくれたのだった。

「アア、変な気持ち……、人を椅子のように扱うなんて……」

真凜は腰をくねらせながら言ったが、生来天真爛漫《てんしんらんまん》なようで、ためらいや羞恥より好奇心の方が大きいようだった。

純司は顔に真凜の両足の裏を受け止め、身体中で処女の全体重を感じながら舌を這わせていった。

2

「あん、くすぐったいわ。汚いのに……」

足裏を舐めると、真凜が声を震わせて身じろぎ、純司の下腹に密着する割れ目の湿り気が増してきたように感じられた。

縮こまった指の股に鼻を割り込ませると、さすがに今日は動き回っただけあり、千恵里ほどではないにしろ生ぬるい汗と脂にジットリ湿り、ムレムレになった可愛らしい匂いが濃く沁み付いていた。

(ああ、無垢な女の子の足の匂い……)

純司は感激と興奮に、ヒクヒクとペニスを震わせて思った。

もう二十歳になっているが、愛くるしい彼女は、純司から見ればまだまだ清らかな少女のイメージであった。

彼は真凜の足の蒸れた匂いを貪ってから、爪先にしゃぶり付いて全ての指の間に舌を挿し入れて味わった。

「あぁッ……、ダメ……」

真凜はくすぐったそうに腰をよじって喘いだが、拒みはせず、彼の下腹に密着した割れ目の潤いが増してきたように感じられた。

純司は両脚とも、指の股の味と匂いが消え去るまで貪り尽くしてから、彼女の両足首を摑《つか》んで顔の左右に置いた。

「じゃ、前に出て顔に跨がってね」

手を引っ張りながら言うと、

「ああ、恥ずかしいわ……」

真凜は声を震わせながらも素直に前進し、完全に彼の顔に跨がると、和式トイレスタイルでゆっくりしゃがみ込んできた。

ニョッキリとした健康的な脚がM字になると、脹《ふく》ら脛《はぎ》と内腿がムッチリと張り詰めて、無垢な股間が彼の鼻先に迫った。

しかも彼女はしゃがみ込みながら、両手でベッドの柵に摑まったので、まさにオマルでも跨いだような感じだった。

ぷっくりした恥丘には、ほんのひとつまみほどの若草が恥ずかしげに煙り、ゴムまりを二つ並べて押しつぶしたような割れ目からは、僅かに蜜を宿した花びらがはみ出していた。

神聖な流れに胸を高鳴らせ、そっと指を当てて小振りの陰唇を左右に広げると、

「あん……」

触れられた真凜がか細く喘ぎ、ピクリと内腿を震わせた。

中は綺麗なピンクの柔肉で、清らかな蜜にヌメヌメと潤っていた。処女の膣口が息づき、ポツンとした尿道口も確認できた。そして包皮の下からは、小粒のクリトリスが顔を覗かせて光沢を放っている。

純司は無垢な眺めを目に焼き付けてから、腰を抱き寄せて、割れ目に鼻と口を密着させていった。

柔らかな若草に鼻を擦りつけて嗅ぐと、甘ったるい汗の匂いが大部分で、それに人魚らしく磯《いそ》に似たほのかなオシッコの匂い、さらに混じって鼻腔を刺激するチーズ臭は、処女特有の恥垢《ちこう》の成分であろうか。

セックスしてしまったら、二度と味わえない処女の匂いを、純司は貪るように嗅いで胸を満たした。

そして舌を這わせ、陰唇の内側を探ると、やはり淡い酸味を含んだ愛液のヌメリが感じられ、彼は膣口の襞を掻き回し、味わいながらゆっくりクリトリスまで舐め上げていった。

「アアッ……！」

真凜が声を上げ、思わずキュッと座り込みそうになるのを、懸命に彼の顔の左右で両足を踏ん張って堪えた。

やはり誰も、クリトリスが最も感じるようだ。

チロチロと舌先で弾くように舐めると、彼女の白い下腹がヒクヒクと波打ち、生温かく清らかな蜜が大量に溢れてきたではないか。

やはり母親に似て、感じやすく濡れやすい体質なのかも知れない。

純司は真凜の味と匂いを心ゆくまで堪能《たんのう》してから、さらに大きな水蜜桃のような尻の真下に潜り込んでいった。

谷間には、薄桃色の可憐な蕾がキュッと閉じられ、鼻を埋め込むと顔中にひんやりした双丘が密着してきた。

細かな襞の収縮する蕾には、蒸れた汗の匂いに混じり、秘めやかな微香も籠もって鼻腔を悩ましく刺激してきた。

純司は舌を這わせて襞を濡らし、ヌルッと潜り込ませて滑らかな襞を探った。

「あう、ダメ……」

真凜が驚いたように呻き、キュッと肛門で舌先を締め付けてきた。

彼が内部で舌を蠢かせると、連動するように割れ目が蠢き、新たな愛液がトロトロと彼の鼻先を生温かく濡らしてきた。

充分に味わってから、彼は再び割れ目に戻って愛液をすすり、クリトリスを舐め回した。

「も、もうダメ、入れて下さい……」

真凜が、絶頂を迫らせたようにビクッと股間を引き離して言った。

やはり初体験をするのが、今夜の最大の目標なのだろう。

「でも、入れて射精しちゃうといけないから」

純司は、いざとなると挿入をためらった。

これだけ女性と懇ろになれるのなら、コンドームぐらい買って用意しておくべきだったのだ。

「私、持ってます」

するとと真凜が言い、息を弾ませながらベッドを降り、置かれたカバンを探ってコンドームを一個持って戻った。

「先輩が、初体験の時のためにって、くれたんです」

「そう、じゃこれを使おう」

受け取った純司も、これなら心置きなく挿入快感を味わえるという気になり、袋を破ってペニスに装着していった。

そんな様子を、真凜が熱心に覗き込んでいた。

「上から跨いで入れてみる？　その方が、痛かったら止められるからね」

純司は、仰向けのまま言った。

自分が上になると、破瓜《はか》の痛みへの気遣いも吹き飛び、快感に任せて激しく突き動いてしまいそうだった。

「ええ……」

真凜も頷き、ためらいなく身を起こして彼の股間に跨がってきた。

そして濡れた割れ目を先端に押し当て、位置を定めると息を詰め、意を決してゆっくり腰を沈み込ませてきたのだった。

張り詰めた亀頭が、処女膜を丸く押し広げて潜り込むと、あとは潤いと重みで、ヌルヌルッと滑らかに根元まで吸い込まれていった。

「あう……」

真凜が眉をひそめて呻いたが、すでに完全に受け入れて座り込み、ピッタリと股間同士を密着させていた。

純司も、きつい締め付けと熱いほどの温もり、充分すぎる潤いと肉襞の摩擦に包まれながら快感を噛み締めた。

彼女はぺたりと座ったまま、真下から短い杭《くい》に貫かれたように上体を硬直させていたが、やがてゆっくりと身を重ねてきた。

純司も両手を回して抱き留め、僅かに両膝を立てて彼女の尻を支えた。

「大丈夫?」

「ええ……」

気遣って囁くと、真凜も健気《けなげ》に小さくこっくりした。

動かなくても、膣内は息づくような収縮が繰り返され、彼もジワジワと快感が高まってきた。

彼は顔を上げて潜り込み、ピンクの乳首にチュッと吸い付いていった。

そして膨らみはじめた乳房に、顔中を押し付けて張りと弾力を味わった。

しかし舌で転がしても、真凜の全神経は股間に集中しているようで、乳首を刺激される反応はなかった。

左右の乳首を交互に含んで舐め、さらに彼は真凜の腋の下にも鼻を埋め、ジットリ湿った甘ったるい汗の匂いで鼻腔を満たした。

腋の下に舌を這わせると、ようやく真凜がくすぐったそうな反応を見せた。

顔を移動させ、純司は彼女の顔を引き寄せ、下から唇を重ねていった。

ぷっくりしたグミ感覚の唇が密着し、唾液の湿り気が伝わってきた。

舌を挿し入れて滑らかな歯並びを左右にたどり、ピンク色の引き締まった歯茎まで舐めると、ようやく歯が開かれ、舌の侵入が許された。

触れ合わせると真凜の舌が奥に避難したが、執拗に追ってからみつけると、徐々に彼女もチロチロと遊んでくれるように蠢かせてくれた。

生温かな唾液に濡れた舌が滑らかに動き、嚙み切って食べてしまいたい衝動に駆られた。

そして快感に任せ、様子を探るように徐々に股間を突き上げはじめると、

「アアッ……！」

真凜が口を離し、熱く喘いだ。

口から吐き出される熱く湿り気ある息は、まるでリンゴかイチゴでも食べた直後のように甘酸っぱい芳香が含まれ、うっとりと鼻腔を刺激してきた。

若くて可憐な子は、何を食べても唾液で浄化され、この清らかな匂いになってしまうのかも知れない。

そして彼女は、自分の匂いがどれほどオジサンを酔わせるか知らないのだろう。

純司は真凜の吐息を嗅ぎながら、次第に突き上げを強めはじめてしまった。

3

「ああ……、奥が、熱いわ……」

真凜が喘いだが、充分な潤いのため動きが滑らかになってきた。

「痛ければ止《よ》そうか？」

「ううん、平気です。最後までして……」

囁くと彼女が小さく答え、純司ももう快感に動きが止まらなくなり、徐々に絶頂が迫ってきた。

「ね、唾を垂らして。飲みたい」

「ダメよ、汚いから」

「真凜ちゃんに汚いものなんてないよ。少しでいいから」

動きながらせがむと、彼女も懸命に唾液を分泌させると愛らしい唇をすぼめ、白っぽく小泡の多いシロップをトロトロと吐き出してくれた。

それを舌に受けて味わうと、プチプチと弾《はじ》ける小泡の全てにかぐわしい果実臭が含まれているようだった。

呑み込んでうっとりと酔いしれると、さらに純司は彼女の顔を引き寄せ、ぷっくりした唇に鼻を擦りつけた。

「しゃぶって……」

高まりながら言うと、真凜も熱く湿り気ある息を弾ませながら彼の鼻の頭にチロチロと舌を這わせてくれた。

「ああ、いく……！」

たちまち純司は、真凜の唾液のヌメリと吐息の匂いに昇り詰め、きつい肉襞の摩擦の中で激しい快感に貫かれてしまった。

「く……！」

呻きながら快感を嚙み締め、熱い大量のザーメンをドクンドクンと勢いよくほとばしらせた。快感の最中ばかりは手加減も気遣いも忘れ、股間をぶつけるように激しく突き上げてしまった。

「アア……」

真凜も声を洩らし、さらにキュッと締め付けてきた。

別に快感に喘いだのではなく、彼の勢いの激しさに、これで嵐が過ぎ去ったことを察した安堵《あんど》の声だったのかも知れない。

純司は処女を征服した快感と満足の中、心置きなく最後の一滴まで出し尽くし、突き上げを弱めて力を抜いていった。

すると真凜も、すっかり破瓜の痛みも麻痺《まひ》したように肌の硬直を解き、グッタリと彼にもたれかかり、熱い息遣いを繰り返しはじめた。

(これで、社長一族の母娘、両方としてしまった……)

純司は荒い呼吸の中で、彼女の重みと温もりを受け止めながら思い、激情が過ぎると急に恐ろしくなってきてしまった。

それでも処女を失ったばかりの膣内の収縮に刺激され、過敏になったペニスが名残惜しげにヒクヒクと内部で跳ね上がった。

そして彼は、真凜の喘ぐ口に鼻を押し付け、唾液と吐息の匂いを胸いっぱいに嗅ぎながら、うっとりと快感の余韻に浸り込んでいった。

やがて真凜が、そろそろと股間を引き離し、ゴロリと横になった。

「ああ、離れても、まだ何か入っているみたい……。でも、これでやっと大人になれたのね……」

彼女が言い、後悔している様子はないので純司も安心したのだった。

彼は身を起こしてティッシュを取り、コンドームを外して包み、真凜の股間に顔を寄せた。

見ると陰唇が痛々しくめくれ、指で広げると膣口の愛液に混じり、うっすらと鮮血が混じっていた。それを見て純司は、あらためて処女を散らした重大事を実感したのだった。

それでも二十歳にもなっているので出血は実に僅かに滲んだだけで、すでに止まっているようだ。

純司はそっとティッシュを当てて拭ってやり、コンドームを包んだティッシュと破瓜の血の付いたティッシュは、佳代子に見つからぬよう自分の部屋へ持ち帰って処理しようと思った。

そして再び横になると、身を起こした真凜が彼の股間を覗き込んできた。

尿道口からは、まだ余りの雫が滲み出ていた。彼女は幹に指を添え、先端に鼻を寄せた。

「これがザーメンの匂い？」

呟き、チロリと舌を這わせてきたのである。

「あう……、いいよ、そんなことしなくて……」

純司は呻いたが、満足げに萎えかけていたペニスが、またムクムクと鎌首を持ち上げてきてしまった。

「生臭いわ。でも味はあまりないのね」

真凜が股間で囁き、回復してくる様子を物珍しげに観察した。

幹をニギニギして完全に包皮を剝くと、光沢ある亀頭も徐々に張り詰めてきた。

さらに彼女は舌を這わせ、亀頭を含んで吸い付いてくれた。

「アア……」

純司は快感に喘ぎ、もう一回射精しなければ治まらないほどになってしまった。

何しろ、とびきり可憐な処女を頂いたのだから、一度で終えてしまうのはあまりに勿体《もったい》ない。

だが立て続けの挿入は酷だろうから、指でも良いのでもう一度果てたかった。

「こんなに勃っちゃったら、もう一回出したくなる？」

真凜がチュパッと口を離し、彼の心根を察したように言った。

「うん。でも、もう入れないから安心して」

「ええ、今日はもう無理。だからお口でしてあげます」

「いいよ、そんなこと……」

「大丈夫です。先輩に聞いたの。お口に出されるのも、何だか嬉しいんだって」

彼女が言う。そんな奇特な先輩がいるのかと思い、もう純司も後戻りできないほど興奮を甦らせてしまった。

「じゃ、こっちを跨いでね」

彼もすっかりその気になって言い、真凜の下半身を引き寄せ、顔に跨がらせた。

「あん、恥ずかしい……」

真凜は言いながらも素直に跨がり、女上位のシックスナインの体勢になって再びペニスにしゃぶり付いてくれた。

純司の股間を長い髪がサラリと覆い、その内部に熱い息を籠もらせて、真凜は深々と呑み込んでいった。

熱い鼻息が陰嚢をくすぐり、彼女は幹を丸く締め付けて無邪気に吸い、口の中ではクチュクチュと舌が蠢いてからみついた。

純司は真下から、処女を失ったばかりの割れ目を見上げながらジワジワと絶頂を迫らせ、真凜の口の中でヒクヒクと幹を震わせながら、恥毛に鼻を埋めて悩ましい匂いを貪った。

そして僅かに破瓜の血の混じる割れ目のヌメリを舐め回すと、彼の目の上でピンクの肛門が可憐に収縮した。

「あう、ダメ、集中できないから……」

と、真凜が口を離し、処女を失った途端急に一人前の口をきいた。

純司も舌を引っ込め、近々と見上げるだけにした。

彼女はぎこちないながら、本格的に顔を上下させ、濡れた口でスポスポと強烈な摩擦を開始してくれた。

「ああ、気持ちいいよ、すごく……」

純司は喘ぎ、下からもズンズンと小刻みに股間を突き上げはじめた。たまに軽く当たる歯も、実に新鮮な刺激であった。

(本当に出して良いのだろうか……)

一抹のためらいはあったが、もう快感と欲望が止まらなくなり、純司は警告を発する間もなく、二度目の大きな絶頂に達してしまった。

「あう、いく……！」

彼は突き上がる快感に呻きながら、ありったけの熱いザーメンを勢いよくほとばしらせ、真凜の喉の奥を直撃してしまった。

「ンン……」

熱い噴出を受けた彼女が小さく呻き、それでも摩擦と吸引を続行してくれた。

何という快感であろう。純司は真凜の清潔な口の中に思い切り射精し、禁断の悦びの中でヒクヒクと痙攣した。

全て絞り尽くすとグッタリと力を抜き、彼女の割れ目を見上げながら荒い呼吸を繰り返した。

真凜も動きを止め、亀頭を含んだままコクンと一息に飲み干してくれたのだ。

「く……」

キュッと締まる口腔の刺激を受け、純司は駄目押しの快感に呻いた。

ようやく彼女も口を離し、なおも幹をニギニギしながら、尿道口に脹らむ余りの雫まで丁寧に舐め取ってくれた。

自分の精子が、こんな清らかな天使の胃の中で吸収され、栄養にされることに彼は言いようのない悦びを覚えた。

「も、もういいよ、どうも有難う……」

純司が過敏に腰をくねらせながら降参して言うと、やっと真凜も舌を引っ込めてくれたのだった……。

4

「なかなかいいわね。人魚ショー続行なら、みんなスカウトしていたわ」

コーチで元水泳選手の人妻、沙弥香が大水槽を見ながら純司に言った。

今日は午前中から、真凜のサークル仲間で来ていてシンクロの練習をしていたので純司と沙弥香で見ていたのだ。

昨夜は、初体験を終えた真凜も動揺している様子はないので純司は自分の部屋に引き上げ、夢のような快楽の余韻の中で寝たのだった。

そして今朝、起きた二人はラウンジで朝食を済ませ、真凜はいったん大学へ行ったが講義を一つだけ受け、すぐ仲間を連れて戻ってきたのである。

大水槽では、真凜を含む四人の女子大生が脚も露わに躍動していた。

もちろん水中はライトアップされ、見ているラウンジは暗いから、彼女たちも見られていることを意識せず演技に集中できるだろう。

今日は絵美は来ておらず、沙弥香もついでに立ち寄っただけのようだ。もう人魚ショーはないから、絵美も沙弥香もスタッフを辞めている。

純司は水中で舞う真凜を見ながら、昨夜の感触や匂いを思い出し、ひっそりと勃起していた。あんな可憐な天使か人魚姫のような子とセックスできたのが、未《いま》だに夢のようであった。

そして彼は、ソファに並んで座っている沙弥香から漂う、生ぬるく甘ったるい匂いにも興奮していた。

ショートカットで子持ちの沙弥香は、もう水泳部時代の筋肉は落ち、すっかり熟れた丸みを持ちはじめている。

「あの、背の高いハーフっぽい子、四年生で沢部《さわべ》アンナというのだけど、どうも真凜ちゃんのレズ相手みたいなの」

「え……」

演技を見ながら沙弥香が言い、純司は思わずアンナを見た。

女子水泳部のコーチをしていた沙弥香は、そうした女同士の雰囲気にも目ざといのかも知れない。

(あの二人が戯れ合って、アンナは処女の真凜に快楽の知識を与えていたのか……)

純司は眺めながら思い、ますます勃起が治まらなくなってしまった。

すると、急に隣の沙弥香が、

「いたた……」

と声を洩らし、いきなりブラウスのボタンを外しはじめたのである。

「だ、大丈夫ですか……」

「ええ……」

彼女が答え、ブラウスの前を開くとフロントホックのブラを外し、バッグから何やら肉マンのようなものを取り出した。

「それは?」

「乳漏れパッドです。張ってると痛いんで……」

沙弥香が言って、ブラの内側にパッドを装着しようとした。見るとなかなかの巨乳で、やや大きめの乳輪が濃く色づき、ツンと勃起した乳首の先端にポツンと白濁の雫が浮かんでいるではないか。

どうやら彼がさっきから感じていた甘ったるい匂いは、母乳のようだった。

沙弥香は張って辛《つら》く、しかもラウンジが暗いので彼の横でも構わずパッドの装着にかかっていた。

「本当は、吸い出してもらうのが一番楽になるのだけど」

「あ、吸い出しましょうか。むかし女房にしたこともありますので」

沙弥香が言うので彼も答えたが、実際はそんな経験はなかった。

「本当？　してくれると助かります……」

沙弥香が言い、彼の方に巨乳を向けてきた。

もちろん大水槽の四人からは見えず、彼女たちは演技を続けていた。

純司も屈み込み、三十五歳になる美人妻の乳房に顔を寄せ、雫を宿す乳首にチュッと吸い付いた。

雫を舐め、顔中を豊かな膨らみに押し付けると、さらに母乳と汗が混じったような甘ったるい匂いが濃厚に鼻腔を刺激してきた。

「舐めないで吸い出して、ティッシュに吐き出して下さいね……」

沙弥香は、喘ぎを抑えるように息を詰めて言い、取り出したティッシュを広げて差し出してきた。

受け取った純司は強く吸ったが、なかなか母乳は出てこず、錯誤しながら唇で強く乳首の芯を挟み付けるようにすると、ようやく薄甘い母乳が分泌されてきた。

出てくると彼は興奮を高めて舌を濡らし、喉を潤した。

沙弥香も、彼に腕枕するようにじっと身を硬くしていたが、たまに彼が舌を這わせるとビクリと肌を震わせた。

やはり張った痛みばかりでなく、淫らな衝動も湧いていて、それで彼の隣で乳房を露わにしたのだろう。

「ああ……、飲んでいるの……？」

沙弥香は次第に息を弾ませ、クネクネと身悶えはじめていた。

暗いラウンジで女子大生たちのアーティスティックスイミングを見るという妖しい雰囲気の中、純司も激しく興奮しながら互いの淫気を伝え合った。

そして吸い出した母乳を飲み込んでいるうち、心なしか乳房の張りが和らいできたように思えた。

「こっちもお願いします……」

沙弥香が言い、純司も移動してもう片方の乳首を含み、すっかり要領も得たので新鮮な母乳を心ゆくまで味わうことが出来た。

「アア……、いい気持ち……」

沙弥香の声も、すっかり熱っぽく囁くものに変化していた。肌を伝う熱い吐息はシナモンに似た匂いを含み、悩ましく彼の鼻腔を刺激してきた。

そして彼女はいつしか腕を回し、彼の顔をしっかりと胸に抱きすくめ、もう母乳の吸い出しなどどうでも良くなったかと思えるほど熱く喘いでいた。

ふと気づくと、沙弥香は乳首を吸われながら、もう片方の手をスカートの中に差し入れ、しきりに股間を探っているではないか。

もう紛れもなく、彼女は性的な興奮を高めてオナニーしているのである。

「あ、あの、そこも舐めましょうか……」

純司は、左右の乳首から滲む母乳を存分に味わってから、恐る恐る言ってみた。

「い、いいんですか……、シャワーも浴びていないのに……」

沙弥香が、すぐにもその気になったように答えた。

「ええ、もちろん」

彼が言うと、沙弥香はいったん身を起こして裾に手を入れ、ためらいなく下着を下ろして両足首から抜いた。そして自分からソファに仰向けになり、裾をめくって股間を露わにしてきたのである。

純司も興奮し、もちろん大水槽の中の様子にも注意を向けながら股間に顔を寄せていった。

柔らかな茂みに鼻を埋め込むと、ムレムレになった汗とオシッコの匂いが濃厚に籠もり、純司は嬉々《きき》として貪りながら割れ目に舌を挿し入れていった。

膣口の周りは淡い酸味のヌメリで大量に潤い、彼はクチュクチュと掻き回して味わい、ツンと突き立ったクリトリスまで舐め上げた。

「アアッ……、気持ちいいわ……」

沙弥香が顔を仰け反らせて喘ぎ、張りのある内腿でムッチリと彼の顔を挟み付けてきた。

純司は執拗にクリトリスを舐めては、新たに溢れる愛液をすすり、さらに彼女の両脚を浮かせ、豊かな尻の谷間にも迫った。

ピンクの蕾は、出産で力んだ名残かおちょぼ口のように突き出て光沢を放ち、鼻を埋めて嗅ぐと秘めやかな微香が感じられた。

チロチロと舐めて濡らし、ヌルッと潜り込ませて滑らかな粘膜を探ると、

「あう……、そんなところを……」

沙弥香が驚いたように呻き、肛門でキュッと舌先を締め付けてきた。

純司が前も後ろも充分に味わうと、

「も、もうダメ……、今度は私が……」

すっかり高まった沙弥香が嫌々をした。

沙弥香はゆったりしたロングスカートで、サンダル履きに素足だったので、彼は爪先にも屈み込み、蒸れた指の股を嗅いで爪先にしゃぶり付いた。

「ああ……、汚いからダメ……」

彼女は子供の悪戯でも叱るように言い、とうとう身を起こしてきた。

純司も座り直してベルトを解き、下着ごとズボンを膝まで下ろすと、その正面に彼女が膝を突き、顔を寄せてきた。

ピンピンに勃起した先端に舌を這わせ、熱い息を籠もらせながらスッポリと根元まで含んでくれた。

「ああ……」

今度は純司が喘ぐ番で、根元まで含まれながら舌に翻弄され、ヒクヒクと幹を快感に震わせた。

「ンン……」

沙弥香は熱く鼻を鳴らし、強く吸い付きながら執拗に舌をからめた。

大水槽では四人の女子大生が、このような出来事など夢にも思わずシンクロの練習を続けている。

沙弥香は顔を上下させ、スポスポと濡れた口で摩擦しながらペニス全体を生温かな唾液に濡らしてくれた。

純司もすっかり高まり、激しく絶頂を迫らせたのだった。

5

「入れてもいいですか」

ようやく沙弥香がスポンと口を離し、上気した顔で純司を見上げて囁いた。

「あの、コンドームもないけど……」

「構いません。大丈夫なので、いっぱい中に出して下さい」

彼が言うと、沙弥香はまるでザーメンまで母乳に変えるような勢いで上ってきた。

純司がソファに浅く腰掛けて両脚を伸ばすと、沙弥香は自転車にでも乗るように裾をめくってヒラリと跨がり、唾液に濡れた先端に割れ目を押し付けてきた。

そして自ら淫らに指を当てて陰唇を広げ、先端を受け入れていった。

たちまち座り込むと、ペニスはヌルヌルッと滑らかに根元まで埋まり込み、彼女が股間を密着させるとふわりと裾が覆った。

「アァッ……!」

沙弥香が熱く喘ぎ、両手を回してしがみついてきた。

彼も両手で抱き留め、肩越しの水槽の様子を見ながら熱い温もりと締め付けを味わった。

沙弥香が正面からピッタリと唇を重ね、純司もぽってりした肉厚の感触を味わいながら舌をからめた。

「ンン……」

彼女が熱く鼻を鳴らし、純司の舌に吸い付きながら腰を遣いはじめた。

恥毛とともに恥骨の膨らみが擦られ、彼もズンズンと股間を突き上げてリズムを合わせた。

見ると、また濃く色づいた乳首に母乳の雫が浮かび上がっていた。

「顔にかけて……」

浅く腰掛け、仰向けに近い感じでせがむと、沙弥香も興奮に任せて巨乳を彼の顔に突き出し、両手で乳首を強くつまんだ。

するとポタポタと白濁の雫が滴り、さらに無数の乳腺から霧状になった母乳が彼の顔中に降りかかった。

純司は生温かな母乳を舌に受け、甘ったるい濃厚な匂いに包まれながら喉を潤し、左右の乳首を含んで舐め回した。

「唾も飲ませて……」

さらに言うと、沙弥香も口移しにトロトロと唾液を注ぎ込んでくれ、彼はうっとりと酔いしれながら貪った。

すると大量に溢れる愛液が律動を滑らかにさせ、

「ああ……、いきそう……」

沙弥香が収縮を強めて口走り、熱く湿り気ある息で喘いだ。純司もシナモン臭を含む美人妻の吐息で鼻腔を刺激され、急激に絶頂を迫らせていった。

やはり密室ではなく広い空間なので気が急き、通常よりずっと早く絶頂が訪れるようだった。

美人妻を性急に味わってしまうのも勿体ないが、すぐにも沙弥香がガクガクとオルガスムスの痙攣を開始してしまった。

「い、いく……、アアーッ……！」

声を上ずらせて喘ぎ、純司も収縮する膣内で昇り詰め、大きな絶頂の快感に全身を貫かれた。

「く……！」

呻きながら、熱いザーメンをドクンドクンと勢いよく注入すると、

「あう、もっと……！」

噴出の熱さを感じ取ったように沙弥香が呻き、駄目押しの快感の中で収縮を強めていった。

水槽の方も、何事もなく演技が続けられ、純司は快感を嚙み締めながら心置きなく最後の一滴まで出し尽くしていった。

満足しながら突き上げを止めると、沙弥香も肌の強ばりを解き、彼の股間に座り込んでグッタリともたれかかってきた。

「アア……、良かったわ。すごく感じちゃった……」

沙弥香が荒い息遣いを繰り返して囁き、純司もまだ収縮する膣内でヒクヒクと幹を震わせた。

そして彼女の喘ぐ口に鼻を押し込み、熱く湿り気ある、濃厚な吐息を胸いっぱいに嗅ぎながら、うっとりと快感の余韻を味わったのだった。

ようやく呼吸を整え、純司がポケットティッシュを出して渡すと、沙弥香もそれを割れ目に押し当てながら、そろそろと股間を引き離していった。

彼女が割れ目を拭いながら膝を突き、屈み込んで愛液とザーメンにまみれたペニスにしゃぶり付いてくれた。

「あう……」

自分で拭こうと思っていた彼は刺激に呻き、また身を強ばらせた。

「ンン……」

沙弥香は熱く鼻を鳴らし、まだ興奮がくすぶっているように念入りに舌をからめて吸い、すっかり綺麗にしてからティッシュで包み込むようにヌメリを拭いてくれたのだった。

舐めてもらったので、もう一回したいところだが、やはり密室でないので彼は下半身を整え、沙弥香も下着を穿いて身繕いをした。そして念のため、一応ブラに乳漏れパッドを装着してからブラウスのボタンを嵌《は》めた。

再び沙弥香は隣に座り、大水槽の演技を眺めた。

「今度、またゆっくり会えますか。やっぱりここではあまり落ち着けないので」

と、沙弥香が言った。

「ええ、もちろん。いつでも言って下さいね」

同じ思いだった純司も答え、とうとうここの関係者の美女全員と懇ろになってしまった幸運に浸った。

やがて女子大生たちも練習を終え、順々に水から上がっていった。

「じゃ、私はこれで帰ります。また連絡しますね」

沙弥香が言って腰を上げ、そのまま帰っていった。

純司も立ち上がり、どうせ彼女たちがここで昼食を取るだろうと、ラウンジに灯りを点けてカーテンを開けた。そして、まだ顔中に沙弥香の母乳の湿り気が残っているので、洗面所で顔を洗った。

しばらく待っているうち、四人の女子大生たちが身体を拭いて私服に着替え、スポーツバッグを持ってラウンジに入ってきた。

もうラウンジの食材は残ってないので、彼女たちは途中のコンビニで何か買ってきたらしい。

「お疲れ様」

「はい。使わせてもらって有難うございます」

彼が言うと、リーダーのアンナが答えた。

長身のアンナは、意味ありげな眼差《まなざ》しを純司に向けてきたので、あるいは真凜が初体験のことを報告してしまったのかも知れない。

(こんなダサいオジサンとしちゃったのか、と思っているんだろうな……)

純司は思い、昼食をはじめる女子大生たちにラウンジを預け、自分は控え室と水槽の点検に行った。

控え室に入ると、四人分の女子大生の混じり合った体臭が生ぬるく、何とも悩ましく立ち籠めていた。

その匂いに包まれているだけで、たった今、沙弥香としたばかりなのに彼はすぐにもムクムクと勃起してきてしまった。

特に忘れ物はないかロッカーを確認し、トイレの方まで点検した。

女子大生たちのエキスを含んだ水にも浸かりたいが我慢して水槽の灯りを消し、やがて純司は控え室の戸締まりもしてラウンジに戻った。

「おじさま、ずいぶん買ってきたので一緒に食べませんか」

真凜が言ってサンドイッチをくれたので、彼も同席することにし、自分の飲み物だけ出して席に着いた。

「もうすぐ水泳部の遠征があるので、大学のプールが使えるようになります」

「そう、ここも今月いっぱいだから、取り壊しに備えて、間もなく水を抜かないとならないしね」

「ええ、寂しいです」

彼が言うと真凜が答え、暗い大水槽を見つめた。

しかしアンナが、何かと純司の顔をチラ見しているので、やはり真凜の相手として意識しているようだった。

「今夜は、私はアンナさんのマンションに泊まりますので」

「うん、分かった」

純司は答え、今夜は一人きりでホテルの留守番だと思った。

やがて昼食を終えると、四人は大学へ戻って行き、純司も後片付けをしてから書類の残務整理に戻った。

午後も荷を運び出す業者が来て、彼もその相手をして過ごした。

もう二階の客室は、佳代子の部屋以外はがらんとなり、階下のラウンジも食器類が運び出され、残るは自動販売機ぐらいになった。これも間もなく引き取られてゆくことだろう。

日が暮れると、彼は缶ビールを一本飲んでコンビニ弁当の夕食を終えた。

そして戸締まりを見て回り、灯りを消して自分の部屋に戻った。

もう今夜は何もないので、眠くなるまでテレビでも見ていようと思った。

すると、そこへ電話が鳴り、出ると真凜だった。

「やっぱり来ました。開けて下さい」

言われて通用口へ行くと、何と真凜とアンナの二人が入ってきたのだった。

第四章　二人がかりの濃密な夜

1

「真凜の最初の人に、すごく興味があって」

アンナが言い、純司は二人の女子大生を前に激しい期待と興奮に胸を高鳴らせた。

二階の部屋である。今夜もまだ佳代子は不在で、真凜はアンナと泊まるつもりで来ていた。

どうやら真凜とアンナは一緒に夕食をし、少しアルコールも飲みながら、いつしか二人で純司に会おうという話になったらしい。

アンナは二十二歳、真凜より長身で身体も引き締まっているが、胸と尻は充分に魅惑的な丸みを帯びていた。

「ね、脱ぎましょう」

真凜が言い、すっかり打ち合わせの済んでいる二人は、先に自分から脱ぎはじめてしまった。

（いいんだろうか、二人を相手になんて……）

純司は股間を熱くさせて思ったが、二人は元々レズごっこをしている仲だから、同性同士という抵抗もないのだろう。

二人が見る見る健康的な肌を露わにして言ったので、もう我慢できず純司も全て脱ぎ去り、先に真凜の匂いの沁み付いているベッドに横たわった。もちろん夢のような展開に、ペニスははち切れそうに突き立っていた。

たちまち二人は一糸まとわぬ姿になり、混じり合った甘ったるい汗の匂いが室内に立ち籠めた。

二人が水に浸かっていたのは昼前だから、午後もあちこち動き回り、すっかり本来の体臭を生ぬるく沁み付かせていた。

「わあ、すごく勃ってるわ。ね、先に私たちで好きなようにさせて下さいね」

アンナが純司の股間を見ると目をキラキラさせて言い、真凜と一緒にベッドに乗り彼の左右から迫ってきた。

純司は仰向けになり、されるまま身を任せることにした。寝しなだったから、シャワーも歯磨きも終えておいて良かったと思った。

二人は両側から挟み付けるように肌を密着させ、まず二人同時に唇を重ねてきたのである。

それぞれ柔らかな唇が一緒に彼の唇を塞ぎ、舌が潜り込んできた。

やはりレズ同士だから、同性の舌が触れ合っても構わないらしい。

純司も歯を開いて舌をからめると、どちらも生温かな唾液に濡れ、チロチロと滑らかに蠢いた。

三人が鼻を突き合わせているので、二人の吐息で彼の顔中が生ぬるく湿り気を帯びた。そして混じり合った吐息が、何とも濃厚に甘酸っぱく彼の鼻腔を刺激して胸に沁み込んできた。

さらに、二人が下向きのため、トロトロと唾液が注がれて、純司はミックスされた小泡の多い唾液でうっとりと喉を潤した。

何という快感であろう。二十歳と二十二歳の女子大生と、同時に舌を舐め合っているのだ。舌のヌメリと、二人分の唾液と吐息を味わっているだけで、ペニスに触れなくても漏らしそうなほど高まってしまった。

二人とも夕食後のケアもしていないようで、真凜もいつになく濃厚な果実臭で、しかも二人分となると悩ましい芳香で胸の奥まで溶けてしまいそうだった。

やがて二人が申し合わせたように移動し、彼の頰を舌でたどり、左右の耳の穴を同時に舐め回してきた。

「ああ……」

純司は快感に喘ぎ、両耳が熱い息に湿り、舌まで潜り込むと、聞こえるのはクチュクチュというヌメリだけで、まるで頭の中まで舐められているようだった。

そして二人は彼の耳たぶを噛み、首筋を舐め降りて左右の乳首に吸い付いてきた。

「あう……」

純司はビクリと反応して呻き、二人も熱い息で肌をくすぐりながら、両の乳首を舐め回し、チュッチュッと音を立てて吸った。

「か、嚙んで……」

強い刺激を求めて言うと、二人も綺麗な歯並びでキュッと乳首を挟み、咀嚼《そしやく》するように動かしてくれた。

「ああ、気持ちいい、もっと強く……」

純司は、二人の女子大生に食べられているような快感に喘いだ。

　さらに二人は脇腹に移動し、時に甘く歯を食い込ませ、唇と舌で腹から下腹まで愛撫してくれた。胸にも腹にも、まるで二匹のナメクジでも這い回ったように、唾液の痕が縦横に印《しる》された。

　そして二人が股間に迫るかと思ったら、腰から脚を舐め降りてきたのだ。

　左右の毛脛《けずね》から足首まで行き、足裏に回り込んで舌を這わせ、爪先までしゃぶり付いてくれた。

「あう、いいよ、そんなことしなくても……」

　純司は、申し訳ない快感に呻きながら言った。

　しかし二人は厭わず、全ての指の股にヌルッと舌を割り込ませてきた。まるで生温かなヌカルミでも踏んでいる心地で、彼は清らかな唾液にまみれた足指で美女たちの舌を挟み付けた。

　ようやくしゃぶり尽くすと、二人は彼を大股開きにさせ、脚の内側を舐め上げ、内腿もキュッと噛んでくれた。

　股間に迫って頬を寄せ合うと、混じり合った熱い息が籠もった。

　するとアンナが彼の両脚を浮かせ、まず尻の谷間を舐め回し、ヌルッと肛門に舌先を潜り込ませてきた。

「く……！」

純司は妖しい快感に呻き、味わうようにモグモグと肛門で舌先を締め付けた。

アンナが舌を引き離すと、すかさず真凜も舐めてから潜り込ませた。

立て続けに侵入すると、二人の舌の温もりや感触、蠢きが微妙に異なり、何とも贅《ぜい》沢《たく》な快感を味わった。

真凜も、熱い鼻息で陰嚢をくすぐりながら、内部で舌を蠢かせてくれた。

ようやく舌を引き離し、脚が下ろされると、また二人は頬を寄せ合って同時に陰嚢にしゃぶり付いてきた。

それぞれの睾丸を舌で転がし、袋全体を生温かな唾液にまみれさせると、いよいよ身を乗り出して、肉棒を舐め上げてくれた。

裏側と側面に、美女たちの舌が滑らかに這い、同時に先端に達した。

粘液の滲む尿道口を交互にチロチロと舐め回し、張り詰めた亀頭全体にも舌が這い回った。

まるで美しい姉妹が、一本のキャンディを同時に味わっているかのようだ。

先にアンナがスッポリと根元まで呑み込み、クチュクチュと舌をからめ、幹を締め付けて吸いながらゆっくり引き抜いた。

チュパッとアンナの口が離れると、すぐ真凜が深々と含んで吸い付いた。

これも、それぞれの口腔の温もりや舌の感触が微妙に違い、そのどちらにも純司は激しく高まった。

真凜がスポンと口を離すと、また二人で同時に亀頭をしゃぶり、何度も交互に含んで吸われ、滑らかな舌に翻弄された。

「い、いきそう……」

さすがに高まり、純司は混じり合った唾液にまみれたペニスをヒクヒク震わせて言った。しかし二人は強烈な愛撫を止めようとしないので、どうやらここで漏らして構わないらしい。いや、それ以前に限界が来てしまい、とうとう彼は大きな絶頂の快感に貫かれてしまった。

「いく……、ああッ……！」

身悶えながら熱く喘ぎ、同時に熱い大量のザーメンがドクンドクンと勢いよくほとばしった。

「ンン……」

ちょうど含んでいた真凜が噴出を受けて呻くと、すぐにアンナが奪うように含んで余りのザーメンを吸い出してくれた。

「アア……」

純司は突き上がる快感に喘ぎ、クネクネと腰をよじらせながら最後の一滴まで絞り尽くしてしまった。

彼がグッタリと力を抜くと、アンナも吸引を止め、亀頭を含んだまま口に溜まったザーメンをゴクリと飲み干した。そして口を離すと、真凜と二人で濡れた尿道口を舐め回してくれたのだ。

もちろん真凜も、口に飛び込んだ濃厚な第一撃は飲み込んだようだ。

「あうう……、も、もういいよ、どうも有難う……」

純司が過敏に幹を震わせ、降参するように声を絞り出すと、尿道口から滲む余りの雫まで綺麗にしてくれた二人も、ようやく舌を引っ込めて息を吐き、ゆっくりと身を起こした。

彼は息も絶えだえになって身を投げ出し、夢のような快感の余韻に浸り込んで荒い呼吸を繰り返した。

「すごく濃くて多いし、勢いもすごいわ。私のパパより年上なのに……」

アンナが淫らに舌なめずりして言い、二人は満足げに強ばりを解いてゆくペニスを見下ろしたのだった。

2

「ね、どうすれば回復するか言って下さい。何でもしますから」

アンナが言い、その言葉だけで純司はすぐにも回復しそうになってしまった。

「じゃ、二人で僕の顔に足を乗せて……」

「わあ、そんなことしていいんですか」

彼が答えると、アンナは面白がるように言って真凜と一緒に立ち上がった。

そして仰向けの純司の顔の左右に立ち、互いに身体を支え合いながら、そろそろと片方の足を浮かせ、同時に彼の顔に乗せてきた。

「ああ……」

女子大生たちの足裏を顔に受け、純司は歓喜に喘いだ。

感触を味わいながら見上げると、アンナの長い脚はスラリと上に伸び、真凜もムチムチと健康的な内腿を張り詰めさせ、どちらも割れ目がヌラヌラと潤っているのが分かった。彼は二人の足裏に舌を這わせ、指の股に鼻を割り込ませ、汗と脂に湿って蒸れた匂いを貪った。

基本的には似た匂いだが、アンナは匂いが淡く、真凜の方が汗っかきのようでムレムレの匂いが鼻腔を刺激してきた。

「あん、くすぐったいわ……」

「でも、おじさまの顔を踏むなんて、いいのかしら……」

二人が遥《はる》か上でヒソヒソと言い、彼は足を交代してもらい、そちらの新鮮な味と匂いも貪り尽くしたのだった。

「じゃ、順々に跨いでしゃがんでね」

真下から言うと、やはり先にアンナが彼の顔に跨がり、和式トイレスタイルでゆっくりしゃがみ込んでくれた。

長い脚がM字になってムッチリと張り詰め、彼の鼻先に割れ目がズームアップしてきた。

熱気と湿り気が顔中を包み込み、陰唇が僅かに開いてピンクの柔肉が覗いていた。

丘の茂みは、やはり手入れしているのか淡く、指で陰唇を広げると大きめのクリトリスがツンと突き立っていた。

腰を抱き寄せて恥毛に鼻を埋めると、やはり水に浸かってから半日経《た》っているから蒸れた汗の匂いが甘ったるく感じられた。

嗅ぎながら舌を挿し入れ、膣口の襞をクチュクチュ掻き回すと、淡い酸味のヌメリが舌の動きを滑らかにさせた。そして味わいながら柔肉をたどり、大きめのクリトリスまで舐め上げていくと、

「アア……、いい気持ち……」

アンナが喘ぎ、思わずキュッと割れ目を押し付けてきた。

彼は味と匂いを堪能してから、引き締まって白く丸い尻の真下に潜り込み、顔中にひんやりした双丘を受け止めながら、谷間の蕾に鼻を埋め込んで嗅いだ。

ピンクの蕾にも蒸れた汗の匂いが籠もり、彼は貪ってから舌を這わせ、ヌルッと潜り込ませて滑らかな粘膜を探った。

「あう……」

アンナが呻き、キュッと肛門で舌先を締め付けてきた。

そして充分に内部で舌を蠢かせ、再びクリトリスに戻ると、

「も、もういいわ、あとは真凜に……」

高まりを抑えるようにアンナが言い、股間を引き離して場所を空けた。

すると真凜も、ためらいなく跨いでしゃがみ込み、ぷっくりと丸みのある割れ目を迫らせてきた。

可愛らしい若草に鼻を埋めて嗅ぐと、思った通りアンナより濃く、濃厚な汗の匂いとほのかな残尿臭、それに恥垢のチーズ臭もほんのり混じって悩ましく鼻腔を掻き回してきた。

純司は可憐な真凜の匂いを貪って胸を満たし、舌を挿し入れて清らかなヌメリを味わった。処女を失った膣口を探り、ヌメリを掬い取りながらクリトリスまでゆっくり舐め上げていくと、

「あん、いい……」

真凜がビクッと反応して喘ぎ、新たな蜜をトロトロと漏らしてきた。

味と匂いを貪り、同じように尻の真下に潜り込んで蕾に鼻を埋めると、蒸れた汗と秘めやかな匂いが鼻腔を刺激してきた。

「すごいわ、もうこんなに勃ってる……」

すると、すっかり回復しているペニスを見たアンナが言い、屈み込んでしゃぶり、唾液に濡らしてくれた。

純司も快感を味わいながら、真凜の前も後ろも貪り尽くして舌を引っ込めると、

「いいわ、先に真凜が入れて。どうせまだいけないだろうから」

アンナが、スポンと亀頭から口を離して言った。

「ね、おじさま。真凜の中に出さないでね。私には、いっぱいナマで出して構わないから」

アンナが言い、真凜も彼女に支えられながら移動して彼の股間に跨がってきた。

そして先端に濡れた割れ目を押し当てると、アンナが甲斐甲斐《かいがい》しく幹に指を添えて誘導してやった。

真凜も位置を定めてゆっくり腰を沈めると、張り詰めた亀頭が潜り込み、あとはヌルヌルッと滑らかに根元まで受け入れていった。

「アア……！」

真凜がビクッと顔を仰け反らせて喘ぎ、ぺたりと座り込んで完全に股間を密着させてきた。

純司も肉襞の摩擦と締め付けを味わい、ナマ挿入の快感を嚙み締めた。

もちろん漏らさないよう気を引き締めないといけない。

「痛いかしら？」

「ううん、もう大丈夫です……」

アンナが囁くと真凜が答え、彼の胸に両手を突っ張って上体を反らせながら、味わうようにキュッキュッと収縮させてきた。

そして何度か自分から腰を遣いはじめると、溢れる愛液に動きが滑らかになり、ピチャクチャと淫らな摩擦音が聞こえてきた。

「アア……、何だかいい気持ち……」

「いきそう？」

「分からないわ……」

「そう、もう間もなく本当にいけるようになると思うわ。今は、おじさまが射精してしまうといけないので、それぐらいにして」

アンナが言うと、真凜も素直に動きを止め、そろそろと股間を引き離して彼に添い寝していった。

待ちきれなかったようにアンナが跨がり、真凜の愛液に濡れた先端に割れ目を押し付け、息を詰めてゆっくり腰を沈み込ませていった。

再び、微妙に感触と温もりの異なる膣内に、ペニスがヌルヌルッと滑らかに根元まで呑み込まれていった。

「アア……、奥まで感じるわ……」

アンナが股間を密着させて熱く喘ぎ、何度かグリグリと腰を動かしてから、身を重ねてきた。

純司も両手で抱き留め、僅かに両膝を立てて尻を支え、きつい締め付けと温もりを味わった。

さっきの口内発射がなかったら、二人に挿入した快感であっという間に果てていたことだろう。すぐ漏らすのが勿体ないので、彼はまだ動かずアンナの胸に潜り込んでいった。

乳首に吸い付いて舌で転がすと、アンナも息を弾ませ、柔らかな膨らみを彼の顔中に押し付けてくれた。

純司は左右の乳首を交互に含んで舐め回し、スベスベで汗ばんでいるアンナの腋の下にも鼻を埋め、甘ったるい匂いで胸を満たした。

そして添い寝している真凜の胸も引き寄せ、顔を上げて両の乳首を味わい、腋の下にも鼻を押し付けて可愛らしい匂いを貪った。

するとアンナも息を弾ませながら乳房を押し付け、彼は順々に乳首を味わい、生ぬるく混じり合った女子大生たちの体臭に噎せ返った。

やがて徐々にアンナが腰を動かしはじめ、純司も合わせてズンズンと股間を突き上げ、何とも心地よい摩擦快感に高まっていった。

「ああ……、いきそうよ……」

アンナが声を上ずらせ、愛液の量を増して動きを速めていった。

「ね、唾を垂らして……」

純司が二人の顔を引き寄せてせがむと、二人も唾液を分泌させて口に溜め、トロトロと彼の口に吐き出してくれた。

彼は混じり合った小泡混じりの、貴重なシロップを味わい、うっとりと喉を潤して酔いしれた。胸に広がる甘美な悦びが、心地よく股間に伝わってジワジワと絶頂が迫ってきた。

「顔中もヌルヌルにして……」

さらに言うと、二人も興奮に任せて彼の顔に唾液を垂らし、それを舌で顔中に塗り付けてくれた。

「アア……、気持ちいい……」

純司は顔中女子大生たちの唾液でヌルヌルにまみれ、甘酸っぱい唾液と吐息の匂いに包まれながら喘いだ。

そして股間を突き上げ続けていると、もう我慢できず、彼は贅沢な快感の中で激しく昇り詰めてしまった。

「い、いく……、アアッ……！」

突き上がる快感に口走り、ありったけの熱いザーメンをドクンドクンと勢いよく膣内にほとばしらせると、

「あ、熱いわ、いく……、ああーッ……！」

噴出を感じたアンナも喘ぎ、オルガスムスのスイッチが入ったようにガクガクと狂おしい痙攣を開始した。そして同性の凄《すさ》まじい絶頂を、横から真凜が息を詰めて見守っていた。

純司は二人の濡れた口に鼻を擦りつけ、悩ましい匂いを吸収しながら、肉襞の摩擦の中で快感を嚙み締め、心置きなく最後の一滴まで出し尽くしていった。

すっかり満足しながら徐々に突き上げを弱めていくと、

「ああ……、すごかったわ……」

アンナも声を洩らし、肌の硬直を解きながらグッタリと体重を預けてきた。

まだ膣内はキュッキュッと息づくような収縮が繰り返され、射精直後で過敏になったペニスが内部でヒクヒクと跳ね上がった。

そして純司は、アンナの重みを受け止め、二人分の甘酸っぱい吐息を嗅ぎながら、うっとりと快感の余韻を味わったのだった。

こんな贅沢な体験は、一生に一度だろうと思った。

「私も、こんなふうにいけるのかしら……」

「ええ、すぐいけるようになるわ……」

真凜が言うと、アンナも息を弾ませながら答えたのだった。

3

「どうも有難う。お疲れ様でした」

翌日、純司は最後の業者を見送った。これで自動販売機もなくなり、あとは残務整理だけで、来る業者はいなくなった。

昨夜は、女同士の会話もあるだろうからと、純司は二人の部屋を引き上げ、自室でゆっくり眠ったのだった。

今朝、真凜とアンナは大学へと出向いていき、まだ彼は夢のような出来事に全身がぼうっとなっていた。

と、戸締まりしようとしたら、そこへデザイナーの千恵里が訪ねて来た。いつもの丸メガネにお下げ髪、ジーンズ姿でバッグを一つ抱えている。

「アパートを引き払いました。これから東京へ帰ります」

「そう、それはお疲れ様」

純司も言い、お別れの挨拶に来た彼女を招き入れた。

「もう販売機もないんだ」

「ええ、買ってきました。これ差し入れです」

彼が言うと、千恵里はコンビニの袋を出して答えた。中には缶の烏龍茶が二本に、昼食用の弁当も二つ入っている。

「どうも有難う。助かるよ」

純司は言い、千恵里も二人で昼食をしてから東京へ帰るつもりのようだった。しかしまだ十時半過ぎなので昼食には早い。

彼はラウンジのテーブルに弁当を置き、まずは千恵里を自分の部屋に招いた。

「してもいいですか？」

千恵里は、純司が誘いをかける前に、淫気に目を輝かせて言った。

「うん、もちろん」

彼も急激に勃起しながら答え、すぐにも一緒に服を脱ぎはじめてしまった。

実に、ここのところ午前と午後と、それぞれ別の女体にありつける幸運が恐ろしいほどであった。

全裸になった純司がベッドに仰向けになると、やはり一糸まとわぬ姿になった千恵里が彼の股間に顔を寄せてきた。

「わあ、すごく勃ってるわ。嬉しい」

千恵里が無邪気に可愛いアニメ声で歓声を上げ、やんわりと握ってきてくれた。

純司も、ここのところの女性運に備え、朝夕にシャワーを浴びる習慣が付いてしまったから準備は万全だった。

「あの、メガネだけかけてくれるかな？」

「私のメガネの顔好き？　いいわ」

言うと千恵里も答え、素直にメガネをかけてくれた。

元々ソバカスのある美形だが、丸メガネだとさらに若く見え、もう三十歳なのに、何やら真凜より若い少女に見えて禁断の興奮が湧くのである。若く見える要素は顔立ち以上に、その可憐に転がる声にあった。

そして彼を大股開きにさせて真ん中に腹這い、いきなりペニスに迫ってきた。

まず陰嚢を舐め回し、熱い息を弾ませて肉棒の裏側をゆっくり味わいながら舐め上げてきた。

「ああ……、気持ちいい……」

お下げ髪に内腿をくすぐられながら喘ぎ、恐る恐る股間を見ると、千恵里は何ともうっとりと美味《おい》しそうに舐めてくれていた。

昨夜の三人での行為も夢のように心地よかったが、やはり戯れが明るすぎる感じが否めず、秘め事というのはこうして一対一の密室に限る気がした。

千恵里は先端まで来ると幹を指で支え、粘液が滲みはじめた尿道口をチロチロと舐め回し、目を上げて彼と視線が合うと、恥じらうようにクスッと肩をすくめながら亀頭をしゃぶってくれた。

そのままスッポリと根元まで呑み込み、幹を丸く締め付けて吸い、口の中ではクチュクチュと念入りに舌がからみついてきた。

「アア……」

純司もうっとりと喘ぎ、生温かな唾液にまみれた幹をヒクヒク震わせた。

千恵里は先端がヌルッとした喉の奥に触れるほど深々と含み、たっぷりと唾液を出しながら舌を蠢かせ、顔を上下させてスポスポと摩擦してくれた。

そしてチュパッと軽やかな音を立てて口を離し、味わって気が済んだように添い寝してきた。

純司は入れ替わりに身を起こし、彼女の足の方に顔を移動させた。

屈み込んで足裏を舐め、指の間に鼻を押し付けて嗅ぐと、今日も汗と脂に湿り、蒸れた匂いが悩ましく沁み付いていた。

しかし、さすがに帰京前の昨夜は入浴したようで、徹夜明けの前回より匂いはずっと標準的であった。

しかも脛もスベスベに手入れされて、恐らく腋もケアしてしまったらしい。

「あ、無駄毛の処理をしてしまった?」

「それはそうよ。東京で新しい彼氏を見つけるのだから」

訊くと千恵里が答えた。

がさつで身辺に拘らない魅力があったのに、どうやら彼女も気持ちを入れ替えて東京に戻るつもりのようだった。

純司は愛撫に戻り、左右の足の匂いを貪ってから爪先をしゃぶり、全ての指の股に舌を割り込ませて味わった。

「あう……、東京で、そんなことまでしてくれる人が見つかるかな……」

千恵里が呻きながら言い、クネクネと下半身を悶えさせた。

純司は股を開かせ、脚の内側を舐め上げ、白くムッチリした内腿をたどって股間に迫っていった。

黒々と艶のある茂みに鼻を埋めると、やはり生ぬるい汗とオシッコの匂いが悩ましく籠もり、彼は胸いっぱいに嗅ぎながら舌を這わせていった。

陰唇の内側はすでにネットリとした大量の愛液が溢れ、彼が膣口からクリトリスまで舐め上げていくと、

「アア……、いい気持ち……」

千恵里が身を弓なりに反らせて喘ぎ、内腿でキュッときつく彼の両頬を挟み付けてきた。

純司は匂いに噎せ返りながらクリトリスに吸い付き、チロチロと舌先で弾いては溢れる愛液をすすった。

さらに両脚を浮かせ、尻の谷間に閉じられているピンクのおちょぼ口に鼻を埋めて微香を嗅ぎ、舌を這わせてヌルッと潜り込ませた。

「あう……、もっと奥まで……」

千恵里が括約筋を緩めてモグモグと締め付け、熱く呻きながらせがんだ。

純司もなるべく奥まで潜り込ませ、淡く甘苦い粘膜を探りながら収縮を味わった。

やはりローターを入れていただけあり、彼女は前後の穴が両方感じるようにヒクヒクと下腹を波打たせ、割れ目からは大量の愛液を漏らしてきた。

ようやく蠢かせていた舌を引き離し、脚を下ろして再びクリトリスに吸い付くと、

「お願い、指を入れて。前にも後ろにも……」

千恵里が声を上ずらせてせがんだ。

もうバイブもローターも、他の荷物と一緒に梱包《こんぽう》して東京の実家へ送ってしまったのだろう。

純司も興奮を高め、まずは左手の人差し指を、唾液に濡れた肛門にゆっくり潜り込ませ、右手の指を膣口に押し当てた。

「前は、指二本にして……」

すると千恵里が遠慮なく要求し、彼は二本の指に愛液を付け、膣口に押し込んでいった。そして前後の穴を塞いで再びクリトリスを舐め回すと、

「アア……、いいわ、すごく気持ちいい……」

千恵里が喘ぎ、前後の穴で指を締め付けながら腰をくねらせた。

純司も、それぞれの穴の中で指を蠢かせ、小刻みに内壁を擦りながらクリトリスを吸った。

「い、いきそう……、もっと強く……！」

最も感じる三ヵ所を刺激されながら、彼女が声を上ずらせた。

純司は、肛門に入った指を出し入れさせ、膣内の指で天井のGスポットを擦りながら、なおもクリトリスを愛撫し続けた。

すると、粗相したように大量の愛液が湧き出し、千恵里がガクガクと狂おしく痙攣しはじめたのだった。

4

「い、いっちゃう……、アアーッ……！」

千恵里が激しく仰け反り、前後の穴で彼の指が痺《しび》れるほど締め付けながらオルガスムスに達してしまった。

純司は凄まじい絶頂に圧倒されながらも、すぐ果ててくれて良かったと思った。

何しろ腹這いのまま、巨体の体重を受けて両手を縮め、前後の穴を刺激するのも疲れてきたのである。

「も、もういいわ……、止めて……」

彼女が言い、それ以上の刺激を拒むように腰をよじったので、純司も舌を引っ込めて前後の穴からヌルッと指を引き抜いた。

膣内にあった二本の指は、攪拌《かくはん》されて白っぽく濁った粘液にまみれ、指の間には膜が張るほどだった。

湯気の立つ勢いで、指の腹は湯上がりのようにシワになり、肛門に入っていた指に汚れの付着はなく、爪にも曇りはなかったが微香が感じられた。

「アア……、気持ち良かった……」

彼が股間から這い出すと、千恵里が身を投げ出してうっとりと言い、荒い息遣いを繰り返しては、思い出したようにビクッと肌を震わせた。

純司はグッタリした彼女の腕を差し上げ、腋の下に鼻を埋め込んで甘ったるい汗の匂いを貪った。

これも前回ほど濃くはなく、手入れされてスベスベになった腋は物足りないほどであった。

そして乳首を含んで舌で転がし、柔らかな膨らみを顔中で味わうと、

「ああ……、い、入れて……」

千恵里が息を吹き返したように言った。やはり指と舌で果てるのと、挿入される快感は別物らしい。

「コンドームはあるかな」

「今日は安全日だから、ナマで中出ししても大丈夫です……」

千恵里が言い、仰向けの受け身体勢になった。

純司も嬉々として股を開かせ、正常位で股間を進めていった。

急角度でそそり立つペニスに指を添えて下向きにさせ、先端をビショビショの割れ目に擦り付けて潤いを与えると、位置を定めてゆっくり挿入していった。

ヌルヌルッと滑らかに根元まで押し込むと、

「ああ……、いい……」

千恵里が顔を仰け反らせて喘ぎ、キュッと締め付けてきた。

彼も、やはりナマの感触と温もりが心地よく、股間を密着させると脚を伸ばして身を重ねていった。

彼女も両手を回してしがみつき、味わうようにモグモグと膣内を締め付けた。

純司は左右の乳首を交互に含んで舐め回し、もう片方の腋の下にも鼻を埋め、甘ったるい汗の匂いに酔いしれた。

すると待ちきれないように、千恵里が下からズンズンと股間を突き上げ、彼も合わせて腰を突き動かしはじめた。

熱く濡れた肉襞が心地よい摩擦を伝え、彼も高まりながら上から唇を重ねた。

「ンン……！」

千恵里が熱く呻きながら舌をからめ、彼も生温かな唾液に濡れて滑らかに蠢く舌を味わった。

「アア……、またいきそう……」

千恵里が淫らに唾液の糸を引いて口を離し、喘ぎながら熱く湿り気ある息を弾ませた。吐息も徹夜明けで歯磨きもしていない前回と違い、今日は花粉のように甘い刺激を含んで鼻腔を掻き回してきた。

もちろん純司は濃い方が興奮するが、このぐらいの濃度があれば充分に酔いしれることが出来た。

一番いけないのが無臭か、ケアした直後のハッカ臭で、やはり自分は自然のままの匂いが好きなのだとあらためて思った。

そして彼が美女の息の匂いとリズミカルな摩擦に絶頂を迫らせると、いきなり彼女が突き上げを止め、意外なことを言ってきたのである。

「お願い、お尻を犯してみて……」

「え？　大丈夫かな……」

純司も驚いて動きを止め、アナルセックスへの好奇心も覚えた。

「一度してみたいの。バイブを入れたことがあるから大丈夫……」

千恵里が言い、彼もその気になってしまった。

身を起こしてヌルッとペニスを引き抜くと、彼女が自ら両脚を浮かせて抱え、形良い尻を突き出してきた。

見るとピンクの肛門は、割れ目から滴る愛液にヌメヌメと潤っていた。

純司が先端を押し付けると、彼女も口呼吸をして括約筋を緩めた。

「いいわ、来て、強く一気に……」

千恵里が言うと、純司も呼吸を計り、意を決して強く押し付けた。

するとタイミングが良かったか、張り詰めた亀頭がズブリと潜り込み、肛門が丸く広がって、可憐な襞がピンと張り詰めて光沢を放った。

「あう、もっと奥まで……」

彼女がせがみ、純司も強くズブズブと押し込んでいった。

さすがに入り口はきついが、中の方は案外楽で、思ったほどのベタつきはなく滑らかだった。

彼が股間を押し付けると、尻の丸みが下腹部に密着して心地よく弾んだ。

とうとう千恵里の肉体に残った、最後の処女の部分を頂いてしまったのだ。

「突いて、強く何度も乱暴に……」

彼女がせがみ、純司もぎこちなく腰を遣った。

千恵里は懸命に力を緩めながら初めての感覚を味わっていたが、やはり角度も合わないし、彼の好きな唾液や吐息をもらうには顔も遠いので、多少萎えた途端にツルッと抜け落ちてしまった。

蕾は丸く開いて一瞬粘膜を覗かせたが、徐々につぼまって元のおちょぼ口に戻っていった。

「あう、中で出すのは無理かしら……」

「うん、ごめんね」

「いいの、入れてみたので気は済んだから。それより早く洗わないと」

千恵里が言って懸命に身を起こし、一緒にベッドを降りてバスルームに移動した。

すると彼女はシャワーの湯でペニスを流し、甲斐甲斐しくボディソープで洗ってくれた。

そしてシャボンを洗い落とすと、

「オシッコして。中も洗った方がいいわ」

言われて、純司も半勃起の状態で懸命に尿意を高めた。

ようやく出てくると、純司はチョロチョロと放尿を済ませた。

すると彼女がもう一度湯で洗って屈み込むと、最後に消毒するようにチロリと尿道口を舐めてくれた。

「あう……、ね、千恵里さんもオシッコしてるところ見せて……」

純司はピクンと反応しながら言ってみたが、

「出ないわ。それより早く入れたいの。やっぱり、前に入れる方がいいみたい」

彼女は言って立ち上がり、手早く身体を拭いてバスルームを出ると、またベッドへ戻っていった。

もうアナルセックスは挿入体験をしたので、やはりフィニッシュは正規の場所で行いたいらしい。

千恵里は彼を仰向けにさせ、半勃起の状態のペニスに屈み込んできた。そして指で包皮を剝き、クリッと露出した亀頭にしゃぶり付き、舌をからめながらたっぷり唾液に濡らしてくれた。

「ああ……」

純司も喘ぎながら、たちまちムクムクと回復し、すぐにも元の硬さと大きさを取り戻した。

「上から入れて……」

彼が言うと、千恵里もスポンと口を離して身を起こし、前進してペニスに跨がってきた。

そして唾液に濡れた先端に割れ目を押し当て、ゆっくりと膣口に受け入れて座り込んでいった。彼女は股間をシャワーで洗っていないので、ヌメリは元のままだから、ペニスはヌルヌルッと滑らかに根元まで呑み込まれた。

「アア……、やっぱりここがいいわ……」

千恵里は顔を仰け反らせて喘ぎながら、あらためて味わうようにキュッキュッと締め付けた。

そして身を重ねてきたので、純司も両膝を立て、両手を回して抱き留めた。

下から唇を求めると、千恵里も上からピッタリと重ね合わせ、滑らかに舌をからめながら互いに腰を遣いはじめた。

動きがすぐリズミカルに一致し、クチュクチュと滑らかな摩擦音が聞こえ、溢れる愛液が彼の肛門の方にまで伝い流れてきた。

やはり互いに、この部分が最も良いようで、千恵里も熱く息を弾ませ、彼の舌に吸い付きながら股間を擦り付けた。

「唾を出して……」

唇を重ねたまま彼が囁くと、千恵里もトロトロと口移しに大量の唾液を注ぎ込んでくれた。

純司は生温かくトロリとした唾液を味わい、うっとりと飲み込みながら、ジワジワと絶頂を迫らせていったのだった。

5

「ああ……、いきそう……、やっぱりお尻より前の方がずっといい……」

千恵里が口を離して喘ぎ、彼は花粉臭の吐息を求め、その口に鼻を押し込んで胸いっぱいに嗅いだ。

「いい匂い……」

「本当？　こないだよりはマシかと思うけど……」

うっとりと嗅ぎながら言うと、千恵里が口を離して心配そうに言った。

「あの時はあとから、ずいぶん匂ったんじゃないかと気にしたのだけど……」

「ううん、濃い匂いは好きだしすごく興奮したよ」

「そう……」

言うと千恵里も、少しだけ安心したように答えた。

なおも純司はズンズンと股間を突き上げ、甘い刺激の吐息を嗅ぎながら高まった。

「しゃぶって……」

言うと千恵里も彼の鼻の頭にしゃぶり付き、鼻の穴まで舌先でチロチロと探ってくれた。

前回と違いメガネをかけているので、また別の美女と戯れている気になり、彼は唾液と吐息の匂いに絶頂を迫らせた。

彼女も夢中になって股間を擦り付け、愛液にまみれたペニスを締め付け続けながら先にオルガスムスに達してしまった。

「い、いっちゃう……、ああーッ……！」

声を上ずらせてガクガクと狂おしく痙攣し、膣内の収縮を最高潮にさせた。

たちまち彼も絶頂に達し、大きな快感とともに熱いザーメンをドクンドクンと勢いよくほとばしらせ、奥深い部分を直撃した。

「く……！」

快感に呻きながら射精を続けると、

「あ、熱いわ。出ているのね……、もっと……、アア……」

噴出を感じた千恵里が駄目押しの快感を得て口走り、味わうようにキュッキュッと締め付けを強めてきた。

純司は心ゆくまで快感を味わい、最後の一滴まで出し尽くしていった。

すっかり満足しながら突き上げを弱め、力を抜いていくと、

「ああ……、良かったわ……」

千恵里も肌の硬直を解いて言い、グッタリと彼にもたれかかってきた。

純司は彼女の重みを受け止め、前も後ろも味わえた余韻に浸り、悩ましい芳香の吐息を嗅ぎながら、うっとりと四肢を投げ出していった。

まだ息づくような収縮が繰り返され、刺激されたペニスが内部でヒクヒクと過敏に跳ね上がった。

「あう……、感じすぎるわ……」

千恵里が言い、幹の脈打ちを押さえるようにキュッときつく締め上げた。

重なったまま荒い呼吸を整えると、彼女はようやく身を起こして股間を引き離し、そのままバスルームに入っていった。

そして千恵里が出る頃、純司も身を起こして入れ替わりに身体を洗い流した。

身体を拭いて互いに身繕いをすると、二人は部屋を出てラウンジに行き、少し早めの昼食にした。

「東京で彼氏が出来ても、たまに会ってくれるかな」

「ええ、もちろん。すぐには出来ないと思うし」

彼が言うと千恵里が答えた。

純司も間もなく東京へ戻るが、女房も自分の楽しみに夢中だろうから、遅くなろうと休日に出かけようと関知しないだろう。

やがて食事を終えると、千恵里は自分がデザインした大水槽の中を何枚かスマホで撮った。

「じゃ帰りますね。また連絡します」

純司に笑顔を向けて可憐な声で言い、彼女は出ていった。

それを見送り、彼は少し事務仕事をしてベッドで仮眠し、日が傾く頃また施設内部を点検に見回った。

東京の佳代子とは頻繁にメールの遣《や》り取《と》りをしているが、彼女も本社で何かと忙しいらしく、こちらへ戻るのはまだしばらくかかるようだった。

（じゃ、今夜は一人きりだな……）

純司は、仮眠も取って淫気もリセットされているのだが、そうそう良いことばかりは起きないだろうと諦め、戸締まりをした。

絵美との体験以来、オナニーもしていないが、今日も千恵里と濃厚な快楽を得たのだから、もう無駄に抜かなくても良いだろう。

作業もほとんど終わっているので、あとは佳代子が戻れば、すぐにも今回の出張を終えて東京へ戻ることになる。

今夜の夕食は、何か冷蔵庫に残っているもので済ませば良い。

と、そこへ電話が入り、出るとアンナだった。

「これから行ってもいいですか。真凜はハイツに帰りましたが」

「うわ、いいよ、もちろん」

「何か買っていきましょうか。夕食まだでしょう」

「うん、じゃ缶ビールと牛丼でも」

「もっといいもの買っていきます」

アンナは言って電話を切り、純司はたちまち期待に淫気を高め、股間を熱くさせてしまった。

まだまだ、彼の絶大な女性運は継続しているようだった。

ソワソワして何も手につかず、ぼんやりテレビを見て待っているうちアンナが来たので、通用口を開けて招き入れた。

彼女は一人で、スーパーの袋を空け、缶ビールにハーフワイン、いくつかの食材をテーブルに並べた。

「今日は大学でみんなとお茶してから解散して、一人で図書館にいたんです」

アンナが言い、二人は差し向かいで食事をした。

来春は卒業だが就活はせず、そのまま大学の助手として残ることになっているようだった。

「そう、彼氏はいるの？」

純司は、両刀ぽい彼女に訊いた。

セミロングでハーフのように濃い顔立ちで、真凜のような子からは、宝塚のスターのように慕われているのだろう。

「今はいません。それなりに良さも知っているから真凜に助言してきたけど、まさか父親より年上の人と初体験するとは思いませんでした」

アンナは、あらためて純司を見つめて言った。缶ビールを一本ずつ飲み干し、ワインに切り替えて料理をつまんだ。

さらに話を訊くと、彼女の母親がアメリカとのハーフなので、アンナはクオーターということだった。だから長身で、エキゾチックな顔立ちをしていたのかと彼は納得した。

「あ、食事代を払っておかないと」

「そんなのいいです。それより、今夜は好きなようにしていいですか？」

言うとアンナが、熱っぽい眼差しで答えた。

「うん、こんな若くて綺麗な子なら、何をされてもいいよ」

すでにピンピンに勃起しながら答え、純司はもうワインと食事などどうでも良くなってしまった。

「ゆうべみたいに三人も楽しいけど、やっぱり一対一が良いですよね」

アンナが言い、純司も同じ思いで頷いた。

昨夜のように華やかな３Ｐは滅多にないお祭りのようなもので、やはり淫靡《いんび》な一対一が良いのである。

やがてハーフワインも二人で飲み干し、料理も全て空にすると、アンナが後片付けをしてくれた。そしてラウンジの灯りを消して、純司は期待に胸を震わせながら二人で彼の部屋に移動した。

「じゃ、シャワー浴びて歯磨きしてくるから、君は今のままで待っていてね」

彼はアンナを座らせて言い、自分は服を脱いでバスルームに入った。

そしてシャワーの湯で腋や股間を流しながら手早く歯を磨き、勃起しながら苦労して放尿も済ませておいた。

身体を拭いて全裸で部屋に戻ると、

「本当に私は浴びなくていいんですか？」

アンナが言い、自分も服を脱ぎはじめた。

「うん、自然のままの匂いが何しろ好きだから」

純司は答え、やや照明を暗くして先にベッドに横になった。

もちろん真っ暗では何も見えなくなってしまうので、割れ目が観察できる程度には明るくしておいた。

アンナが脱いでいくと、室内に甘ったるい匂いが生ぬるく立ち籠めた。

彼女もまさか、昼前にこの同じ部屋で純司が千恵里とセックスしたなど夢にも思っていないだろう。

彼女も最後の一枚を脱ぎ去ると、水泳で鍛えた見事な肢体を露わにしてベッドに上ってきた。

「すごく勃ってるわ。五十代半ばって、そんなに元気なんですか？」

「人によるけど、相手さえいれば誰だって張り切るよ」

純司は答え、ピンピンに勃起したペニスを震わせた。

「じゃ、好きなようにしていいですね？」

アンナが目をキラキラさせて言い、彼も激しい期待に胸を高鳴らせたのだった。

第五章　愛液に濡れる美女たち

1

「じゃ、最初は好きにするので、じっとしていて下さいね」

アンナが言い、仰向けの純司を大股開きにさせ、内腿を舐め上げてきた。

どうやら彼女は噛むのが好きらしく、内腿にキュッと綺麗な歯並びが食い込むたび純司はウッと息を詰めて甘美な刺激に悶え、勃起したペニスをヒクヒクと歓喜に震わせた。

「痛いですか？」

「ううん、見えないところだから、もっと強く噛んで歯形を付けてもいいよ」

彼が言うと、アンナも嬉々として愛咬《あいこう》を左右の内腿に繰り返した。

それでも歯形が印されるようなことはなく、彼女は前歯でなく口いっぱいに肉を頬張って歯の全体で、咀嚼するようにモグモグと嚙むので痛みより、美女に食べられているような心地よさの方が大きかった。

「うつ伏せに」

アンナが言うので、純司も素直に寝返りを打つと、彼女は背中を舐め回し、歯を立ててきた。

「あう……」

背中も、意外に感じる部分で彼は顔を伏せて呻いた。

アンナは熱い息で肌をくすぐり、唾液に濡れた唇で吸い付き、歯を食い込ませ舌を這わせて背中全体を愛撫しながら、尻に這い下りていった。

彼女は受け身になるよりも、積極的に愛撫をして相手の反応を見るのが好きなのだろう。

やがてうつ伏せのまま股を開くと、彼女は真ん中に腹這い、尻の丸みにもキュッキュッと歯を食い込ませ、両の親指でムッチリと谷間を広げた。

そして中心部にヌルリと舌先が触れると、

「く……」

純司は妖しい快感に呻いた。うつ伏せのため、相手が見えないというのも興奮を増しているようだ。

アンナはチロチロと肛門に舌を這わせ、熱い息を籠もらせながらヌルッと潜り込ませてきた。

「アア……、気持ちいい……」

純司はモグモグと肛門で美女の舌先を締め付けながら喘ぎ、彼女も内部で執拗に舌を蠢かせてきた。

ようやくアンナが舌を引き抜いて顔を上げると、再び彼を仰向けにさせた。

そして陰嚢にしゃぶり付き、二つの睾丸を転がして袋全体を生温かな唾液にまみれさせると、いよいよ屹立した肉棒の裏側をゆっくり舐め上げ、粘液の滲む先端に達してきた。

アンナは幹に指を添えて尿道口を舐め回し、張り詰めた亀頭をしゃぶり、丸く開いた口でスッポリと根元まで呑み込んでいった。

「ああ……」

純司は、快感の中心が生温かく快適な口腔に包まれて喘ぎ、ヒクヒクと幹を上下させた。

彼女も深々と含むと熱い鼻息で恥毛をくすぐり、幹を締め付けて吸い付いた。

上気した頰がすぼまり、心地よい吸引の中でクチュクチュと舌が蠢くと、たちまちペニス全体は美女の清らかな唾液にどっぷりと浸った。

セミロングの髪がサラリと内腿をくすぐり、溢れた唾液が陰嚢の脇を伝って肛門の方にまで生温かく流れた。

そこだけは嚙まないようにと言うまでもなく、アンナも心得て歯を当てることはなかった。

さらに彼女が顔全体を小刻みに上下させ、濡れた口でスポスポと強烈な摩擦を開始してきた。

「あう、ダメだよ、いきそう……」

純司が高まりながら警告を発すると、ここで射精させる気はないようで、アンナもチュパッと口を引き離した。

「いいわ、好きにして下さい」

添い寝して言うので、純司も入れ替わりに身を起こすと、アンナの足裏に顔を寄せていった。

「あう、そこから……？」

足裏を舐めると、アンナが驚いたように呻き、それでもされるままに身を投げ出してくれた。

純司は舌を這わせ、形良く揃《そろ》った指の間に鼻を押し付け、汗と脂に生ぬるく湿ったムレムレの匂いを貪り、鼻腔を刺激されながら興奮を高めた。

彼もまた、受け身になるより積極的に匂いを味わうのが好きなのである。

両足とも濃厚に沁み付いた匂いを堪能し、爪先にしゃぶり付いて全ての指の股に舌を割り込ませて味わった。

「アア……、くすぐったくて気持ちいいわ……」

アンナも、両刀として多くの体験をしているから、羞恥心や抵抗感よりは快楽を優先させて喘いだ。

純司は両足とも味と匂いを貪り尽くし、スラリとした長い脚を開かせ、舌を這わせて股間に向かっていった。

水泳で鍛えた脚は限りないバネを秘めているようにしなやかで、内腿は何とも心地よい張りと弾力に満ちていた。

熱気と湿り気の籠もる股間に迫ると、すでに割れ目からはみ出した陰唇は、ヌメヌメと大量の愛液に潤い、溢れた分が内腿にまで淫らに糸を引いていた。

指で陰唇を広げると、花弁状の膣口が涎を垂らして息づき、光沢あるクリトリスも愛撫を待つようにツンと突き立っていた。

もう堪らずに顔を埋め込み、柔らかな恥毛に鼻を擦りつけて嗅ぐと、甘ったるい汗の匂いと、ほんのり悩ましい残尿臭が馥郁と籠もり、鼻腔を刺激してきた。

「いい匂い……」

うっとりと酔いしれながら言い、舌を挿し入れて淡い酸味のヌメリを掻き回し、膣口からクリトリスまで舐め上げていくと、

「アア……、いい気持ち……」

アンナがヒクヒクと白い下腹を波打たせて喘ぎ、内腿でムッチリと彼の両頬を挟み付けてきた。

前の時は真凜もいたから平等に愛撫しなければならなかったが、今日は二人きりなので存分に味と匂いを堪能でき、あらためてアンナの肢体を新鮮に味わうことが出来た。

舐めるごとに新たな愛液が泉のように溢れ、舌の動きを滑らかにさせた。

さらに彼女の両脚を浮かせ、尻の谷間に迫ると、薄桃色の可憐な蕾が身構えるようにキュッと引き締まった。

単なる排泄《はいせつ》器官の末端が、どうしてこんなにも美しくある必要があるのだろうかと思いながら観察した。

鼻を埋め込むと、白く丸い双丘が顔中に密着し、蕾に籠もる蒸れた微香が悩ましく鼻腔を刺激してきた。

舌先でチロチロとくすぐるように細かな襞を濡らし、ヌルッと潜り込ませて滑らかな粘膜を探ると、

「あう……」

アンナが呻き、キュッと肛門で舌先を締め付けてきた。

純司は舌を蠢かせ、淡く甘苦いような味覚を堪能してから、ようやく脚を下ろして顔を上げた。

そして股間を進めると、まず正常位で先端を押し当て、感触を味わいながらゆっくり膣口に挿入していった。

たちまち急角度にそそり立ったペニスは、ヌルヌルッと心地よい肉襞の摩擦を受けながら、滑らかに根元まで嵌まり込んでいった。

「アア……、いい……」

アンナが顔を仰け反らせて喘ぎ、キュッときつく締め付けてきた。

純司は股間を密着させ、温もりと感触を味わいながら両脚を伸ばし、身を重ねていった。

彼女も下から両手を回してしがみつき、純司はまだ動かずに屈み込み、左右の乳首を交互に含んで舌で転がした。

顔中を膨らみに押し付けて感触を味わい、腕を差し上げて腋の下にも鼻を埋めて甘ったるい汗の匂いで胸を満たした。

何度か腰を突き動かして摩擦快感を味わったが、まだ果てるのは勿体ない。

彼はいったん股間を引き離して横になり、

「上になって……」

言うとアンナも素直に身を起こしてきた。

彼が仰向けになると、アンナは屈み込んで乳首に吸い付き、舌を這わせながらまたキュッと歯で刺激してくれた。

「あう、もっと強く……」

純司はビクリと硬直して呻き、甘美な快感にクネクネと身悶えた。

アンナは左右の乳首を舌と歯で愛撫し、さらに肌を舐め降りると、愛液にまみれているのも構わず、再びペニスにしゃぶり付いた。

「アア……」

彼は快感に喘ぎ、吸引と舌の蠢きに高まった。

やがて充分にヌメリを与えるとアンナが身を起こし、前進してペニスに跨がった。

そして先端に濡れた割れ目を押し付け、ゆっくりと腰を沈み込ませ、ヌルヌルッと滑らかに根元まで受け入れたのだった。

2

「ああ……、いい気持ち……」

アンナが顔を仰け反らせて喘ぎ、ピッタリと股間を密着させて座り込んだ。

純司も、あらためて膣内の温もりと締め付けを味わいながら、両手を伸ばして抱き寄せた。

形良い乳房が彼の胸に密着して弾み、純司は僅かに両膝を立てて尻を支え、下から顔を引き寄せて唇を重ねた。

「ンン……」

アンナもヌルッと舌を挿し入れて熱く呻き、ネットリとからみつけてくれた。

生温かな唾液にまみれて滑らかに蠢く美女の舌を味わい、滴るヌメリをすすりながら、彼はズンズンと股間を突き上げはじめた。

「アア……、もっと強く……」

彼女が口を離して喘ぎ、合わせて腰を遣った。たちまち二人のリズムが一致し、クチュクチュと淫らに湿った摩擦音が響き、溢れた愛液が互いの股間をビショビショにさせた。

やはり純司も正常位より、下になって美女の唾液を受け止める方が興奮した。

アンナの喘ぐ口に鼻を押し付けて息を嗅ぐと、熱く湿り気あるそれはほのかなワインの香気を含んで甘く、さらには夕食の淡いガーリック臭も混じり、程よいギャップ萌えとなって悩ましく鼻腔を刺激してきた。

「唾を垂らして……」

高まりながら囁くと、アンナも懸命に唾液を分泌させ、すぼめた唇から白っぽく小泡の多い唾液をトロトロと吐き出してくれた。

それを舌に受けて味わい、うっとりと喉を潤しながら突き上げを強めた。

「ああ……、いきそうよ……」

アンナが、収縮を活発にさせて喘いだ。

「顔中もヌルヌルにして……」

さらにせがむと、彼女も唾液を垂らしながら舌を這わせ、ヌラヌラと顔中に塗り付けてくれた。

鼻の穴も頬も瞼《まぶた》も口の周りも美女の唾液にヌメリ、たまに彼女は軽く純司の頬にキュッと歯まで立ててきた。

「ああ、気持ちいい……」

純司も喘ぎ、美女の唾液と吐息の匂いに包まれ、顔中パックされたようにまみれながら絶頂を迫らせた。

すると、先にアンナの方がガクガクとオルガスムスの痙攣を開始してしまった。

「いい、いく……、アアーッ……！」

彼女が声を上ずらせて身を震わせ、膣内の収縮も最高潮にさせた。

その渦に巻き込まれるように、続いて純司も大きな絶頂の快感に全身を貫かれてしまった。

「く……！」

突き上がる快感に呻き、ありったけの熱いザーメンをドクンドクンと内部にほとばしらせ、柔肉の奥深い部分を直撃した。

「ヒッ……、感じる……！」

噴出を受け止めた彼女が息を呑み、駄目押しの快感を嚙み締めて身を強ばらせた。

純司は激しく股間を突き上げて心ゆくまで快感を味わい、最後の一滴まで出し尽くしていった。

「ああ、気持ち良かった。有難う……」

満足しながら感謝を込めて言い、純司は突き上げを止めてグッタリと四肢を投げ出していった。

アンナも肌の強ばりを解き、遠慮なく体重をかけてもたれかかり、彼の耳元で荒い息遣いを繰り返した。まだ膣内の収縮が続き、中でペニスがヒクヒクと過敏に跳ね上がった。

そして純司は彼女の重みと温もりを受け止め、熱く湿り気ある吐息の刺激で鼻腔を満たしながら、うっとりと快感の余韻に浸り込んでいった。

「すごく良かったです。前の時より……」

アンナも荒い呼吸とともに囁いた。やはり一対一だと、とことん相手にのめり込めるようだった。

やがて呼吸を整えると、アンナがそろそろと股間を引き離した。

ティッシュを手にして割れ目を拭きながら、ペニスに顔を寄せて、愛液とザーメンにまみれた亀頭にしゃぶり付いてきた。

「あう……」

純司は腰をくねらせて呻き、アンナもまだ快感がくすぶっているように夢中で舌をからませ、ヌメリを貪ってくれた。

「も、もういいよ……」

彼が降参して言うと、ようやくアンナもスポンと口を引き離し、淫らにヌラリと舌なめずりした。

「じゃシャワー借りますね」

彼女は言い、ベッドを降りてバスルームに入った。

純司は身を投げ出したまま、このまま眠ってしまいたい気持ちになりながら、アンナの水音を聞いていた。

やがて彼女が身体を拭きながら出てくると、すぐに身繕いをした。

「泊まっていかない?」

「いえ、戻ります。仲間たちが呑んでいるから合流しますね」

アンナは答え、あっさりと帰ってしまった。

純司も浴衣だけ羽織って勝手口の戸締まりをすると部屋に戻り、アンナの残り香を味わってから、あらためてシャワーを浴びた。

結局一人きりになってしまったが、アンナと体験できたことは大きく、寂しさよりも深い満足感で眠れそうだった。

実際、今日も千恵里やアンナと濃厚なセックスが出来たのだから、肉体の方も心地よい疲労に包まれていた。

そして彼は、もう一度佳代子からの連絡はないかメールチェックをしてから灯りを消し、ゆっくりと眠ったのであった。

3

「支配人は、まだ東京かしら？」

翌日、沙弥香が訪ねて来て純司に言った。

「ええ、明日には戻るらしいです」

「そう、では水野さんもそろそろ東京へ引き上げるの？」

「ええ、明後日《あさって》には、東京へ帰ると思いますよ」

純司は、この三十五歳の色っぽい子持ち人妻に答えながら、ムラムラと淫気を湧かせてしまった。

沙弥香も、まだ純司が一人きりでいるのを期待して来たようなのだ。

「では、少しだけお部屋でいいかしら」

彼女が、艶めかしい眼差しで言うので、純司もすぐに勃起してきた。

今はホテルの入り口も完全に閉めているので、もう勝手口以外施錠の必要はなく、業者も来ることはなかった。

二人で部屋に入ると、沙弥香が生ぬるく甘い匂いを揺らめかせて迫った。

「お乳は、まだ張っているのかな?」

「名残惜しいわ……」

「ううん、もうほとんど出なくなったわ。代わりに別の方が濡れやすくなって……」

沙弥香が目をキラキラさせて淫らに言い、純司が促すと待ちきれないように手早く脱ぎはじめた。

彼も全裸になり、先にベッドに横になると、やがて一糸まとわぬ姿になった沙弥香も、汗と母乳の匂いを漂わせて添い寝してきた。

甘えるように腕枕してもらうと、さらに濃厚な匂いが鼻腔を満たした。

鼻先にある乳首が濃く色づき、うっすらと白濁の母乳が滲んでいた。

チュッと吸い付いて雫を舐めると、

「アア……」

沙弥香がすぐにも熱く喘ぎ、クネクネと身悶えて彼の顔をきつく胸に抱きすくめてきた。

やはり大水槽を見ながら、周囲を気にしてラウンジでするのと違い、今日は心置きなく全裸で戯れられるので、燃え上がるのも早いようだった。

彼女が仰向けになったので、純司ものしかかって巨乳に顔を埋め込み、滲んでくる母乳で喉を潤した。

前の時ほど出は良くなく、そろそろ分泌も終わる頃なのだろうが、それでも薄甘く生ぬるい母乳を充分に味わうことが出来た。

もう片方の乳首も含んで吸い、舌で転がすと、

「ああ……、いい気持ち……」

沙弥香が喘ぎながら、自ら膨らみを揉んで絞り出してくれた。

たちまち彼の口の中は甘ったるい匂いが満ち、左右とも充分に吸い出して味わってから、腋の下にも鼻を埋めて濃厚な汗の匂いを貪った。

買い物のついでに出てきたようだから、沙弥香はシャワーも浴びず、濃い体臭を悩ましく沁み付かせていた。

純司は人妻の体臭で胸を満たし、滑らかな熟れ肌を舐め降りていった。

臍に鼻を埋めて嗅ぐと汗の匂いが籠もり、舌を這わせて下腹から腰、ムッチリした太腿へ降りると、彼女が腰をよじりながら、されるまま身を投げ出していた。

沙弥香もまた、元水泳選手だったから脂の乗った肌の奥には筋肉が秘められているようで、実に感度の良い肉体をしていた。

足首まで下り、足裏に回り込んで踵から土踏まずに舌を這わせ、指の間に鼻を割り込ませて嗅ぐと、蒸れた匂いが濃厚に沁み付いて鼻腔を刺激してきた。

充分にムレムレの匂いを嗅いでから爪先をしゃぶり、順々に指の股にヌルッと舌を挿し入れて味わうと、

「あう、ダメ……」

沙弥香が嫌々をして呻き、唾液に濡れた指で舌先を挟み付けてきた。

純司は両足とも味と匂いを貪り尽くし、やがて股を開かせ、滑らかな脚の内側を舐め上げていった。

量感ある内腿をたどって股間に迫ると、すでに大量の愛液が溢れていた。

指で陰唇を広げると、息づく膣口は母乳のように白濁した本気汁がヌメヌメと滲んでいた。

クリトリスも突き立って光沢を放ち、純司は艶めかしい匂いを求めるように顔を埋め込んでいった。

柔らかな茂みに鼻を擦りつけて嗅ぐと、汗とオシッコの匂いが生ぬるく濃厚に籠もり、馥郁と鼻腔を刺激してきた。

胸を満たしながら舌を挿し入れ、淡い酸味のヌメリを掻き回しながら、膣口の襞からクリトリスまで舐め上げていくと、

「アアッ……、いい気持ち……」

沙弥香がビクッと身を弓なりに反らせて喘ぎ、キュッと内腿で彼の両頬を挟み付けてきた。

純司は充分に味と匂いを堪能してから、彼女の両脚を浮かせ、白く豊満な尻の谷間に迫った。ピンクの、やや突き出た蕾に鼻を埋めて蒸れた微香を貪り、舌を這わせて襞を濡らし、ヌルッと潜り込ませて粘膜を探ると、

「あう……、変な感じ……」

沙弥香が朦朧《もうろう》として呻き、キュッと肛門で舌先を締め付けてきた。

純司は内部で舌を蠢かせ、やがて顔を上げると、唾液に濡れた蕾に左手の人差し指をズブズブと潜り込ませ、さらに膣口にも右手の二本の指を押し込んでいった。

そして再びクリトリスに吸い付き、前後の穴に入った指を小刻みに蠢かして内壁を刺激すると、

「アア……、すごいわ、いきそう……」

沙弥香がそれぞれの穴で指が痺れるほどきつく締め付け、クネクネと腰をよじって喘いだ。

純司も、肛門に入っている指を出し入れさせるように小刻みに動かし、膣内の天井にあるGスポットを指の腹で圧迫しながら、執拗に舌先でクリトリスを弾き、強く吸い付いた。

すると刺激されながら、沙弥香が潮でも噴くように大量の愛液を噴出させ、前後の穴をキュッキュッと忙しげに収縮させた。

「ダメ、いく……、ああーッ……！」

たちまち彼女が、ガクガクと全身を狂おしく痙攣させ、オルガスムスに達してしまったのだ。

「も、もうやめて……！」

沙弥香が、それ以上の刺激を拒むように腰をよじり声を上ずらせた。

ようやく純司も舌を引っ込め、前後の穴からヌルッと指を引き抜いた。

二本の指は大量の愛液にヌラヌラとまみれ、左手の人差し指にも悩ましい微香が付着した。

「アア……」

身を離しても、沙弥香はヒクヒクと肌を波打たせながら喘ぎ、彼は添い寝して彼女が平静に戻るのを待った。

「ひどいわ……、一つになっていきたかったのに……」

徐々に呼吸を整えながら、沙弥香が詰るように言った。もちろんペニスを挿入すれば、また別物の大きな快感が得られるのだろう。

やがて息を吹き返した沙弥香が身を起こし、仰向けになった彼の股間に顔を寄せてきた。

大股開きになると、彼女は真ん中に腹這いになって内腿を舐め上げ、陰嚢にしゃぶり付いて熱い息を籠もらせた。

二つの睾丸を舌で転がすと、胸を突き出して巨乳の谷間にペニスを挟み、時には乳首を擦り付けて滲む母乳を塗り付けた。

そして肉棒の裏側を舐め上げ、滑らかな舌で先端までたどり、粘液の滲む尿道口をチロチロと念入りに舐め回してから、丸く開いた口でスッポリと根元まで呑み込んでいった。

「アア……」

受け身に転じた純司は、温かく濡れた美女の口腔に含まれ、快感に喘いだ。

沙弥香も先端が喉の奥に触れるほど深々と頰張り、上気した頰をすぼめて吸い付きながら、ネットリと舌をからませてきた。

たちまちペニス全体は、美人妻の生温かな唾液にまみれて震え、彼もジワジワと高まっていった。

沙弥香も顔全体を上下させ、スポスポと小刻みに摩擦して味わっていたが、やがて彼の高まりを察したようにスポンと口を引き離した。

「入れるわ……」

「うん、跨いで」

彼が仰向けのまま答えると、沙弥香も身を起こして前進してきた。

ペニスに跨がり、唾液に濡れた先端に割れ目を擦りつけて位置を定めると、息を詰めてゆっくり腰を沈み込ませていった。

張り詰めた亀頭が潜り込むと、あとはヌルヌルッと滑らかに根元まで呑み込まれ、彼女は完全に座り込んで股間を密着させた。

「アア、いい気持ち……」

沙弥香が顔を仰け反らせて喘ぎ、味わうようにキュッキュッと膣内を締め付けた。

純司も肉襞の摩擦と温もり、きつい締め付けと大量の潤いに包まれて快感を嚙み締めた。

彼女は何度かグリグリと股間を擦り付けてから身を重ねてきたので、純司も両手を回して抱き留めた。

見ると、濃く色づいた乳首からは、また白濁の母乳が雫を脹らませていた。

「顔にかけて……」

言うと沙弥香も胸を突き出し、自ら乳首をつまんでポタポタと滴らせてくれた。

それを舌に受け、薄甘い味わいを堪能して喉を潤すと、甘ったるい匂いが胸に広がった。

霧状に噴出した分も顔中を生ぬるく濡らし、やがて彼は顔を上げ、左右の乳首を交互に含んで吸い、新鮮な母乳を味わった。

やがて沙弥香が腰を動かしはじめ、上からピッタリと唇を重ねてきた。

純司も舌をからませ、熱く湿り気ある息を嗅ぎ、合わせてズンズンと腰を突き上げはじめた。

「ああ、いいわ、もっと強く……！」

たちまち沙弥香も夢中になって口を離すと声を上ずらせ、大量の愛液で滑らかになった互いの動きをリズミカルにさせた。

クチュクチュと淫らに湿った摩擦音が響き、溢れた愛液が彼の陰嚢から肛門の方にまで生ぬるく伝い流れてきた。

吐き出される息は湿り気を含み、シナモンに似た刺激が彼の鼻腔を悩ましく掻き回した。

「唾も飲みたい……」

囁くと、沙弥香も懸命に唾液を分泌させてトロトロと吐き出してくれ、彼は小泡混じりの粘液を味わい、うっとりと喉を潤した。

「い、いきそうよ、すごいわ……、アアーッ……！」

すぐにも沙弥香はオルガスムスに達して喘ぎ、ガクガクと狂おしい痙攣を開始してしまった。やはり、すでに果てたから済んだというものではなく、さっきのは下地のようなものだったのだろう。

その収縮に巻き込まれ、彼は快感に包まれながら美人妻の悩ましい吐息を嗅ぎ、続いて絶頂に達してしまった。

「く……！」

大きな快感に呻きながら、熱い大量のザーメンをドクンドクンと勢いよく噴出させると、

「あう、出ているのね……」

直撃を感じた沙弥香が駄目押しの快感を得て呻き、さらに収縮を強めてきた。

純司は心置きなく最後の一滴まで出し尽くすと、満足しながら徐々に突き上げを弱めていった。

「アア……、良かったわ……」

すると沙弥香も声を洩らし、肌の強ばりを解いてグッタリともたれかかってきた。

純司は重みを受け止め、まだ名残惜しげに収縮する膣内に刺激され、ヒクヒクと幹を過敏に跳ね上げた。

そしてかぐわしい吐息を間近に嗅ぎながら、うっとりと快感の余韻を味わったのだった。

「もう間もなく東京へ帰ってしまうのね……」

沙弥香が、荒い呼吸を繰り返しながら囁いた。

「ええ、でもまた時間を見つけて来るので」

「私も、東京に出たときに連絡するわ……」

彼女が答え、キュッときつく締め上げてきた。純司も余韻と残り香の中で、心地よく力を抜いていったのだった。

4

「ママは、明日の夕方に戻ると言っていたわ」

夜、訪ねて来た真凜が純司に言った。

あれから沙弥香が引き上げてから彼はシャワーを浴びて仮眠を取り、一人でコンビニで買った夕食をとっているとき、真凜が来たのだった。

（まだまだ、一人きりで休めないようだ……）

純司は一眠りしてリセットされた淫気を抱え、自分が女にした二十歳の娘を見つめて答えた。

「うん、僕の方にもメールがあった」

「そう、ママも明後日には東京へ行ってしまうし、ホテルの取り壊しもはじまるだろうから、私がここへ泊まるのは今夜が最後。明日の夜はお友達の家に行く約束があるから」

真凜も、買ってきたものを食べながら言った。

「明日には大水槽の水も抜くようだから、明日の午前中に、絵美さんとアンナさんが来るので、三人で最後に水に入るわ」

「そう、最後だと名残惜しいね」

「ええ、もう観客もいないから、おじさまが見ていてね」

真凜が可憐な声で言い、つぶらな眼差しを向けられると、純司はムクムクと激しく勃起してきてしまった。

やがて食事を済ませて片付けも終えると、

「二階のお部屋に来て」

真凜が言って先に上がっていったので、彼も戸締まりを確認して灯りを消し、急いで自室で歯磨きをしてから、胸を高鳴らせて二階へと行った。

美しい母娘が寝泊まりしていたツインの部屋には、今日もほのかな甘い匂いが立ち籠めていた。

「私も、あの時のアンナさんみたいに、すごく気持ち良くなれるのかしら」

真凛が言い、もう暗黙の了解でブラウスを脱ぎはじめた。

「うん、なれるよ。もうすっかり経験を積んだろうからね。それに前の時は三人だから、緊張もあっただろうし」

純司も、脱ぎながら答えた。

全裸になると、すでに今日は何度も活躍したのに、ペニスは激しくピンピンに屹立していた。

先に、真凛の匂いの沁み付いたベッドに横になると、彼女も手早く最後の一枚を脱ぎ去り、気が急くように急いで添い寝してきた。

純司は三回り近く年下の彼女に甘えるように、腕枕してもらい、生ぬるく甘ったるい体臭に包まれた。

「ああ、可愛い……」

「可愛いなんて言いながら、自分が甘えているのね」

彼が言うと、真凛も急にお姉さんになったように優しく抱いてくれながら言った。

純司は真凛の腋の下に鼻を埋め込み、生ぬるい汗の匂いを貪りながら、目の前で息づく乳房に手を這わせた。

乳首はコリコリと硬く突き立ち、純司は充分に腋を嗅いでから顔を移動させ、ピンクの乳首にチュッと吸い付いた。

「あん……！」

真凜がビクッと肌を震わせて喘ぎ、彼は舌で転がしながら、顔中を柔らかく張りのある膨らみに押し付けて感触を味わった。

彼女も仰向けの受け身体勢になって息を弾ませ、純司は左右の乳首を交互に含んでは舐め回した。

「ああ……、くすぐったくて、いい気持ち……」

「左右どっちが感じる？」

「両方だけど、どっちかというと左かな……」

訊くと、真凜が少し考えて無邪気に答えた。

彼も左の乳首を重点的に愛撫してやり、さらに滑らかな肌を舐め降りていった。

スベスベの肌はシッカロールでもまぶしたように白く、どこに触れてもピクンと敏感に反応した。

愛らしい縦長の臍を舐め、ピンと張り詰めた下腹に顔を押し当てて弾力を味わい、耳を当てて微かな消化音も聞いた。

そして腰からムッチリした太腿へ移動し、脚を舐め降りていった。

足首まで行って足裏に回り込み、舌を這わせて可憐な指の間に鼻を押し付けて嗅ぐと、蒸れた匂いが生ぬるく濃厚に沁み付いて鼻腔を刺激した。

「あう、ダメ、ずいぶん動き回ったから……」

真凜が言ったが彼は足の匂いを貪り、爪先にしゃぶり付いた。桜色の爪を舐め、全ての指の股にヌルッと舌を割り込ませて味わうと、

「アアッ……、くすぐったいわ……」

真凜は夢見心地になり、身を投げ出して朦朧となって言った。

純司は左右とも全ての指の間を味わうと、彼女をうつ伏せにさせた。

新品の靴でも履いているのか、微かな靴擦れの痕があり、チロチロと舐めてから、アキレス腱《けん》と脹ら脛を味わい、汗ばんだヒカガミから太腿、尻の丸みから腰をたどっていった。

「ああ……」

滑らかな背中は淡い汗の味がし、かなり感じるように彼女が顔を伏せたまま喘ぎ、クネクネと身悶えた。

肩まで行って髪に顔を埋めて乳臭い匂いを嗅ぎ、耳の裏側も嗅いで舌を這わせた。

再び背中を舐め降り、脇腹にも寄り道して軽く歯を当てると、

「あん……、ダメ、噛まないで……」

真凜が可憐な声で言い、少しもじっとしていられないように身悶え続けた。

「四つん這いになって、お尻を突き出して」

言うと、彼女は羞じらいながらも言われた通りにし、尻を持ち上げた。

純司は真後ろに回り、大きな水蜜桃のような双丘に迫った。谷間には、薄桃色の蕾がキュッと閉じられ、鼻を埋めると蒸れた微香が感じられた。

舌先でチロチロと蕾の襞を舐めて濡らし、ヌルッと潜り込ませると、

「あう……」

真凜が声を洩らし、キュッと肛門で舌先を締め付けてきた。

出し入れさせるように顔を前後に動かすと、真凜も無意識に合わせるように尻を動かした。

純司は滑らかな粘膜を味わい、少しでも奥へ潜り込まそうとしたが、

「も、もうダメ……」

尻を持ち上げていられなくなった真凜が言い、そのまま横になってしまった。

彼は再び真凜を仰向けにさせ、滑らかな内腿をたどって股間に迫っていった。

見ると割れ目からはみ出した花びらは、ネットリとした大量の蜜を宿し、外側にまで溢れはじめていた。

指で陰唇を広げると、花弁状に襞の入り組む膣口が蜜に濡れて妖しく息づき、ポツンとした尿道口もはっきり見え、包皮の下からは小粒ながら光沢あるクリトリスがツンと突き立っていた。

もう堪らずに顔を埋め込み、楚々《そそ》とした若草に鼻を擦りつけて嗅いだ。

恥毛の隅々には、生ぬるく甘ったるい汗の匂いに、ほのかなオシッコの香りと淡いチーズ臭が混じり、嗅ぐたびに微香が悩ましく刺激された。

「いい匂い」

「あん、言わないで……」

思わず嗅ぎながら股間から言うと、真凜が羞恥に声を震わせ、ムッチリと内腿できつく彼の両頬を挟み付けてきた。

純司は可憐な真凜の匂いで胸を満たし、舌を這わせて挿し入れていった。

濡れた柔肉は淡い酸味の蜜にまみれ、すぐにも舌の動きが滑らかになった。

膣口の襞をクチュクチュ掻き回し、柔肉をたどってクリトリスまでゆっくり舐め上げていくと、

「アアッ……！」

　真凜がビクッと顔を仰け反らせて喘ぎ、内腿に力を込めた。

　純司も執拗にチロチロとクリトリスを舐め回しては、新たに溢れてくる愛液を舐め取った。

　そして指を濡れた膣口に挿し入れ、内壁を小刻みに擦りながら、さらに天井の膨らみも圧迫した。

「い、いい気持ち……」

　真凜がうっとりと喘ぎ、白い下腹をヒクヒク波打たせ、キュッキュッと彼の指をきつく締め付けてきた。

「いきそうよ、もうやめて……」

　真凜が嫌々をして言うので、ようやく彼も指と舌を引き離し、股間を這い出して添い寝していった。

　彼が仰向けになると、真凜が息を弾ませながら身を起こして移動し、大股開きになった股間に腹這いになった。

　長い黒髪がサラリと内腿をくすぐり、彼女はまず純司の両脚を浮かせ、尻の谷間を舐めはじめてくれたのだった。

清らかな唾液に濡れた舌先が、チロチロと肛門を舐め回し、熱い鼻息が陰嚢をくすぐった。

そして彼女は、厭わずヌルッと舌を潜り込ませ、内部で蠢かせてくれ、純司は思わずキュッと肛門を締め付けた。

5

「く……、いいよ、そんなことしなくても……」

純司は、何やら申し訳ない快感に呻き、真凜の舌を味わうようにモグモグと収縮させた。

ようやく彼女も舌を引き離して脚を下ろし、陰嚢を舐め回して睾丸を探り、袋全体を生温かな唾液にまみれさせてくれた。

彼がせがむようにヒクヒクと幹を上下させると、真凜も身を乗り出して指を添え、ソフトクリームでも食べるように幹の裏側をゆっくり舐め上げてきた。

先端まで来ると、粘液の滲んだ尿道口をチロチロと舐め、張り詰めた亀頭にもしゃぶり付いた。

丸く開いた口で含むと、そのままモグモグとたぐるように深々と呑み込み、熱い鼻息が恥毛をくすぐった。

「ああ、気持ちいい……」

純司はうっとりと喘ぎ、清らかな唾液にまみれたペニスを真凜の口の中でヒクヒクと震わせた。

内部では舌が蠢いてからみつき、何度か彼女はチューッと強く吸い付きながらチュパッと引き離すのを繰り返し、さらに顔を上下させてスポスポと強烈な摩擦を開始してくれた。

「い、いきそう……」

すっかり高まった彼が警告を発すると、ようやく真凜もスポンと口を引き離した。

「じゃ、跨いで上から入れてね」

言うと彼女も身を起こして前進し、そろそろと純司の股間に跨がってきた。

そして自分で幹に指を添えて先端に割れ目を押し付け、腰を沈めてゆっくり膣口に受け入れていったのだった。

亀頭が潜り込むと、あとはヌメリと重みで、ヌルヌルッと滑らかに根元まで嵌まり込んでいった。

「アア……！」

股間を密着させて座り込んだ真凜は、顔を仰け反らせて熱く喘ぎ、しばし上体を硬直させていた。

純司も肉襞の摩擦と熱いほどの温もりを感じながらヒクヒクと幹を震わせ、両手を伸ばして抱き寄せていった。

彼女が身を重ねてくると、純司は僅かに両膝を立てて尻を支え、両手を回して抱き留めた。胸に柔らかな乳房が押し付けられ、動かなくても息づくような収縮が心地よくペニスを刺激してくれた。

小刻みにズンズンと股間を突き上げると、

「ああ……、温かいわ……」

真凜が目を閉じて言い、合わせて腰を遣いはじめた。

「もう動いても痛くないね？」

「ええ、いい気持ち……」

囁くと、真凜が甘酸っぱい息を弾ませて答えた。

そのまま顔を引き寄せて唇を重ね、ぷっくりしたグミ感覚の弾力と唾液の湿り気を味わい、舌を挿し入れて滑らかな歯並びを舐めた。

すると彼女も歯を開いて受け入れ、チロチロと遊んでくれるように舌をからませてきた。

生温かな唾液に濡れた舌の蠢きが何とも美味しく、このまま身体ごと彼女の口に入りたい衝動にさえ駆られた。

「唾をいっぱい出して」

唇を触れ合わせたまま囁くと、真凜もトロトロと小泡混じりの唾液を口移しに注いでくれた。懸命に分泌させなくても、若い娘は実にジューシーで、彼も心ゆくまで味わい、喉を潤すことが出来た。

「美味しいの？　味なんてないと思うけど……」

「すごく美味しいよ。可愛い人魚姫の出したものなんだから」

不思議そうに言う彼女に答え、純司は真凜の唾液と吐息に激しく高まっていった。

その間も互いの腰の動きがリズミカルに続き、ピチャクチャと淫らに湿った摩擦音も響いてきた。

「あ、いけない。サックしていないんだ」

「大丈夫。アンナさんにもらったピルを飲んでるので」

言うと真凜が答え、もう離れない勢いで締め付けてきた。

喘ぐ口に鼻を押し込んで嗅ぐと、食後で濃厚になった甘酸っぱい果実臭が悩ましく胸に沁み込んできた。

「ああ、顔中ヌルヌルにして……」

高まりながらせがむと、真凜も惜しみなくかぐわしい息を吐きかけながら舌を這わせ、鼻筋から頬まで生温かな唾液でヌルヌルにまみれさせてくれた。

「ああ、いきそう……、噛んで……」

彼が絶頂を迫らせて言うと、真凜も彼の頬や唇に綺麗な歯並びを立て、キュッキュッと甘く噛んでくれた。

純司はまるで可憐な天使に食べられているような興奮に包まれ、もう動きが止まらず、股間をぶつけるように激しく突き上げていた。

そして何度となく真凜に唇を重ねて舌をからめ、唾液と吐息を貪るうち、もう我慢できずに昇り詰めてしまった。

「く……！」

突き上がる大きな絶頂の快感に呻き、彼はありったけの熱いザーメンをドクンドクンと勢いよくほとばしらせてしまった。

「あう、熱いわ。気持ちいい……、アアーッ……！」

噴出を感じると真凜が声を上ずらせて喘ぎ、そのままガクガクと狂おしい痙攣を開始した。

「な、何これ……、溶けてしまいそう……」

真凜が喘いで言い、どうやら本格的に膣感覚のオルガスムスに達してしまったようだった。

膣内の収縮も最高潮になり、純司は彼女の絶頂を我が事のように悦びながら快感を嚙み締め、心置きなく最後の一滴まで出し尽くしていったのだった。

満足しながら突き上げを弱めていくと、

「ああ……」

真凜も声を洩らし、精根尽き果てたようにグッタリと彼にもたれかかり、遠慮なく体重を預けてきた。

まだ膣内の収縮が続き、刺激されたペニスがヒクヒクと過敏に中で跳ね上がると、

「あう、もう感じすぎるわ……」

真凜が呻き、幹の震えを押さえるようにキュッときつく締め上げた。

こうしたオルガスムス直後の反応も、実に佳代子に良く似ていた。

純司は彼女の重みと温もりを感じ、果実臭の息を嗅ぎながら余韻に浸り込んだ。

「も、もうダメ……」

力の抜けていた真凜が言い、懸命に股間を引き離してゴロリと横になった。

あとは声もなく、たまにビクッと肌を波打たせながら、荒い息遣いを繰り返すばかりだった。

純司は、とうとう支配人の娘を女として一人前にしてしまった感慨に耽り、腕枕してやると真凜も甘えるように肌を密着させてきた。

「アンナさんも、こんなに気持ち良い思いをしていたのね……」

息も絶えだえになりながら真凜が言い、彼の胸を熱い息でくすぐった。

「これで、年相応の彼氏でも見つければ、もういつでもいけるようになるよ」

「ええ……、でも、若い男の子は、こんなに丁寧に可愛がってくれないと思うわ」

「上手《うま》くリードして、教育してやるといいよ」

純司は答え、真凜とも別れが迫っていることをあらためて思い、寂しい気持ちに包まれてしまった。

そして気づくと、いつしか真凜は彼の腕枕で、軽やかな寝息を立てて眠ってしまったのだった。

初めて得た未知のオルガスムスで、すっかり力尽きてしまったのだろう。

純司はそっと腕枕を解いて枕に寝かせ、ティッシュで割れ目を拭いてやった。もちろん出血はなく、陰唇も膣口も満足げに息づいていた。

そして布団を掛けてやり、灯りを消すと、純司は自分の脱いだものを抱えて全裸のまま部屋を出た。

佳代子に気づかれないよう、拭いたティッシュも持って、自分の部屋に捨てることにした。

このまま朝まで真凜と一緒に寝ていたいところだが、そうなるとまた催してセックスしてしまうだろう。

何しろ明晩は真凜の母親、佳代子が帰ってくるのだから、そのために精力は温存しておきたい気持ちだった。

階下の部屋に戻った彼はシャワーを浴び、浴衣を着てベッドに潜り込んだ。

(ここにいるのも、あと一日か……)

純司は思いながら、心地よい疲労感の中で深い睡りに落ちていった……。

——しかし朝になって目覚めると、何と隣に真凜が寝ていたではないか。

やはり夜中に起きて寂しいので、降りてきて彼のベッドに潜り込んでいたようだ。

「あ、起きたの？　おじさま……」

するとと真凜も目を覚まし、寝ぼけた声で言った。

純司は可憐な天使の、寝起きですっかり濃厚になった甘酸っぱい口の匂いにゾクゾクと刺激された。そして朝立ちの勢いも加わって淫気を催し、激しく興奮してきてしまったのだった。

第六章　人魚たちと美熟女の宴《うたげ》

1

「大水槽も、最後と思うと名残惜しいわね」

「ええ、お昼には水を抜くので、浸かるのも本当に最後だわ」

アンナと絵美が言い、真凜も感慨深げにしていた。

結局、純司は朝には必死に我慢をして、真凜には触れなかったのである。

何しろ二人とも寝坊していたから、間もなくアンナと絵美が来てしまう時間が迫っていたのだ。

それで彼は急いで顔を洗い、真凜もシャワーを浴びてから、一緒に手早く朝食を済ませ、間もなく二人がやって来たのである。

やがて四人で控え室に行くと、三人は純司の前も構わず服を脱ぎはじめた。

今日は三人だけだからシンクロの練習ではなく、最後なので存分に水の中で遊ぶつもりらしい。

純司は、三人の混じり合った体臭に酔いしれ、朝しなかった分の淫気までムラムラと湧いて激しく勃起してしまった。

しかしアンナと真凜との3Pはしたが、絵美まで加わるとなると戯れるのは難しいだろうと思った。

だが、その絵美が言ってきたのだ。

「私たち三人と水に入りません？　裸だと気持ちいいですよ」

すでに全裸になり、見事な肢体を露わにした絵美が迫り、彼の服を脱がせはじめたのである。

すると一糸まとわぬ姿になったアンナと真凜まで、悪戯っぽく迫り、一緒になって純司を裸にしてきた。

「わあ、すごい勃ってるわ」

アンナが目を輝かせて言い、ペニスに指を這わせてきた。さらに絵美と真凜まで、面白がっていじりはじめたのだ。

もう、こうなると純司も我慢できなくなってしまった。

「あ、あの、水に浸かる前に、みんなの匂いを嗅ぎたい……」

勃起したペニスを震わせて言うと、

「いいわ、恥ずかしいけど……」

絵美が言い、控え室に立てかけてあったイカダ型のエアクッションを床に敷いて彼を仰向けにさせた。

(うわ、どうやら三人を相手に……)

純司は期待に胸を高鳴らせたが、あとで訊くとアンナに、最初にレズの悪戯を仕掛けたのが絵美だったようだ。

いわば彼女たちは快楽で繋がった三姉妹のようなもので、女同士という羞恥も抵抗感もなく、欲望を正直に出せる仲のようだった。

「どうすればいいですか?」

リーダーの絵美が言う。純司にとって、全ての女性運の切っ掛けとなった美女だ。

「足の指から……」

興奮に幹をヒクヒク震わせながら言うと、歳《とし》の順で、まずは二十五歳の絵美から彼の顔の横に立ち、そっと足を浮かせて彼の顔に足裏を乗せてくれた。

「ああ……」

純司は陶然となり、三人もの美女に見下ろされる快感に身悶えた。

絵美の指の間は、生ぬるい汗と脂にジットリ湿り、ムレムレの匂いが濃厚に沁み付いて鼻腔を刺激してきた。

するとアンナも一緒になって足裏を乗せてきたのである。

彼女の足指も蒸れた匂いが濃く籠もり、どうやらこれから水に浸かるからと、朝のシャワーも浴びてきていないようだった。

純司は二人の匂いを貪り、それぞれの爪先にしゃぶり付いて指の股を味わった。

「ああ、くすぐったくていい気持ち……」

絵美とアンナは身体を支え合って喘ぎ、舐めながら見上げると、どちらも割れ目が潤いはじめていた。

足を交代してもらい、味と匂いを堪能すると、最後に真凜も足裏を乗せてきたが、彼女は朝シャワーを浴びたから一番匂いが淡かった。

「じゃ、顔を跨いでしゃがんで」

三人分の足指を味わい尽くして言うと、また絵美から純司の顔に跨がり、ゆっくりしゃがみ込んできた。

スラリと長い脚がM字になって、脹ら脛と内腿がムッチリと張り詰め、濡れた割れ目が鼻先に迫った。

陰唇が僅かに開き、光沢あるクリトリスがツンと突き立っていた。

一対一の淫靡さと違い、順番を待つ美女たちに見られるのも格別であった。

腰を抱き寄せて割れ目に鼻と口を埋めると、柔らかな恥毛に籠もった汗とオシッコの匂いが悩ましく鼻腔を刺激してきた。

胸を満たしながら舌を挿し入れると、淡い酸味のヌメリが迎え、彼は膣口の襞を掻き回し、クリトリスまで舐め上げていった。

「アアッ……!」

絵美が熱く喘ぎ、思わずギュッと座り込みそうになりながら、懸命に両足を踏ん張った。

チロチロとクリトリスを弾くように舐め、生ぬるく蒸れた匂いを充分に嗅いでから彼は白く豊満な尻の真下に潜り込んだ。

ひんやりした双丘が顔中に密着し、ピンクの蕾に鼻を埋め込んで嗅ぐと、やはり蒸れた匂いが鼻腔を悩ましく刺激してきた。

舌を這わせて収縮する襞を濡らし、ヌルッと潜り込ませて滑らかな粘膜を探ると、

「あう……！」

絵美が呻き、キュッと肛門で舌先を締め付けてきた。

やがて彼女の前も後ろも味わうと、アンナが交代してきた。

ためらいなくしゃがみ込むと、また微妙に形や濡れ具合の異なる割れ目が迫った。

愛液は絵美より多いので、やはり待つ間の期待が大きいのだろう。

すると引き寄せるまでもなく、アンナは自分から割れ目を彼の鼻と口に密着させてきた。

恥毛に籠もる匂いは汗の成分が多くて甘ったるく、柔肉を舐め回すと、やはり淡い酸味のヌメリが舌の動きを滑らかにさせた。

「アア、いい気持ち……」

クリトリスに吸い付くとアンナが喘ぎ、ヒクヒクと白い下腹を波打たせた。

純司は滴る愛液をすすって喉を潤し、尻の谷間にも移動し、蕾に籠もる微香を貪ってから舌を這わせ、ヌルッと潜り込ませた。

「く……」

アンナが呻き、モグモグと味わうように肛門を収縮させた。

そしてアンナが離れると、最後に真凜が羞じらいながら跨がってきた。

若草に鼻を埋めると、やはり淡い匂いしか感じられなかったが、愛液の量は二人に負けないほどヌラヌラと大量に溢れていた。

「ああ……、気持ちいいわ……」

チロチロとクリトリスを舐め回すと真凜が喘ぎ、腰をくねらせて新たな愛液を漏らしてきた。

すると絵美とアンナが、添い寝して左右から彼を挟み付けてきたのだ。

純司は真凜の尻の谷間も充分に舐めてから舌を引っ込めると、真凜が身を離し、同時に絵美とアンナが彼の頰を舐め、唇を重ねてきたのである。

さらに真凜も真上から顔を寄せ、何と四人で舌を伸ばしてからめたのだった。

彼は順々に滑らかな美女たちの舌を舐め、混じり合った唾液のヌメリに高まった。

三人とも吐息は、まるで焼きリンゴでも食べた直後のように甘酸っぱい匂いを濃く含んでいた。

純司はミックスされた吐息を嗅ぎ、顔中を湿らせながら酔いしれた。

「唾を垂らして……」

興奮しながら言うと、三人も順番にトロトロと彼の口に白っぽく小泡の多い唾液を吐き出してくれた。

純司は三人分の生温かな唾液を味わって喉を潤し、混じり合った息の匂いでうっとりと胸を満たした。

これほど贅沢な悦びがあるだろうか。

やがて三人は純司の顔中に舌を這わせ、清らかな唾液でヌルヌルにまみれさせてから、彼の顔に乳房を押し付けてきた。

純司も順々に三人の乳首を含んで舐め回し、顔中に密着する膨らみを味わった。

さらに腋の下にも鼻を埋め込み、甘ったるく汗ばんだ匂いを三人ぶん堪能したのだった。

やがて三人は、肌を舐め降りてペニスに顔を寄せ合った。

股間に三人分の息が熱く籠もり、先端や亀頭や側面に、それぞれの舌がヌラヌラと這い回った。

時に陰嚢がしゃぶられ、脚が浮かされてヌルッと肛門にも舌先が潜り込んだ。

「ああ……、気持ちいい……」

純司は三人の愛撫を受けながら喘ぎ、美しい牝獣《めけもの》たちに貪り食われる妄想の中で絶頂を迫らせていった。

ペニスは順々に根元まで含まれ、スポスポと摩擦された。

あまりの快感に、もう誰にしゃぶられているかも分からず、とうとう純司は昇り詰めてしまったのだった。

「く……、いく……！」

溶けてしまいそうな大きな快感に全身を貫かれて口走り、同時に熱い大量のザーメンをドクンドクンと勢いよくほとばしらせた。

「ンン……」

ちょうど含んでいた真凜が喉の奥を直撃されて呻き、口を離すと、すかさず絵美が含んで余りを吸い出して飲み込み、さらに口を離すと、アンナが濡れた尿道口を舐め回してくれた。

「あうう、気持ちいい……」

彼は喘ぎながら、心置きなく最後の一滴まで絞り尽くしてしまった。

もちろん真凜も、濃厚な第一撃を飲み込んだようだ。

「も、もういい、有難う……」

純司はクネクネと腰をよじりながら言い、三人も全て舌で綺麗にしてくれたのだった。そして彼はグッタリと身を投げ出し、荒い呼吸を繰り返しながら夢のような余韻に浸り込んでいった。

2

「じゃ、回復する間、私たちを見ていて下さいね。そして元気になったら、水に入ってきて下さい」

絵美が言い、三人は最後にマーメイドの衣装を穿いて腰に固定した。

やはり、もう一度人魚になりたかったのだろう。

彼女たちが順々に大水槽に入っていったので、純司も呼吸を整えて控え室を出ると暗いラウンジに回り込んだ。

水槽の中だけライトアップされ、三人の美しい人魚が長い髪を揺らめかせ、巧みに尾鰭《おびれ》を使って舞っていた。

ショーと違いブラはしていないので、形良い乳房が息づき、たまに三人は女同士で戯れ合い、乳房をいじったり水中で唇を重ねたりしていた。

見ているうち、すぐにも純司自身はムクムクと回復していった。

三人は呼吸用のチューブは持っていないので、たまに中にある休憩所に座って息継ぎをしては、また水の中を楽しげに動き回った。

そして三人は、順々に人魚の衣装を脱ぎ去って浮かせ、全裸で水中を舞った。

中からラウンジの純司は見えないだろうが、こちらに向かって手を振ったり、ガラスに尻を押し付けて挑発的なポーズまで取った。

純司が身を乗り出して見ると圧迫された尻が迫り、さらに割れ目まで、見知らぬ艶めかしい貝のようにガラスに密着して妖しく蠢いた。

もう我慢できず、純司も再び控え室に行って階段を上がり、そろそろと水の中に浸かっていった。

鉄梯子に摑まりながら下半身が潜り込むと、悪戯好きの人魚が寄ってきて、彼の尻を嚙んだりペニスを含んだりして、さらに彼を水の中に引きずり込んだ。

「うう……」

全身が生ぬるい水に潜り込み、彼が息を詰めて目を開けると、髪を揺らめかせた三人が顔を寄せ、順々に唇を重ねて息を吹き込んでくれた。

水まで吸い込んで噎せそうになると、三人は彼の手を引いて底まで連れてゆき、休憩所のドームに入れた。

ドームの中は、やはり三人分の吐息が籠もり、甘酸っぱい芳香が濃く立ち籠めて、純司はかぐわしい空気で深呼吸した。

「すごいわ、もうこんなに勃って」

絵美が言い、彼をソファに仰向けにさせた。

そしてペニスをしゃぶって唾液に濡らすと、まずは絵美が跨がり、上から挿入していった。

ヌルヌルッと滑らかな肉襞の摩擦が幹を包み、たちまち根元まで嵌まり込んでピッタリと股間が密着した。

「アアッ……、いい気持ち……」

絵美が顔を仰け反らせて喘ぎ、グリグリと股間を擦り付けてきた。

「四人だと、空気が薄くなるわね。そろそろ水を抜きましょうか」

待つ間にアンナが言った。

今日は、もう水も泡も循環していないのだ。

「ええ、水がなくなる頃までは保《も》つでしょう」

真凜も答え、二人は水の中に入り、底にある栓を抜いて戻ってきた。

「す、すぐいきそうよ……、アアーッ……！」

絵美が腰を遣いながら収縮を強め、たちまちガクガクと狂おしいオルガスムスの痙攣を開始してしまった。

もちろん純司は、さっき射精したばかりだから、充分に保つことが出来た。

「アア……」

絵美が満足げに声を洩らしてもたれかかり、荒い息遣いを繰り返した。

やがて絵美が股間を引き離してゴロリと横になると、アンナが跨がり、同じようにヌルヌルッと膣内にペニスを受け入れていった。

「あう……、いい……」

アンナが呻き、味わうようにキュッキュッと収縮させた。

温もりと感触が微妙に異なる膣内にきつく締め付けられ、ペニスはヒクヒクと快感に震えた。

アンナもすぐに股間を上下させ、濃厚な摩擦を開始した。

溢れる愛液でクチュクチュと動きが滑らかになり、純司も股間を突き上げて快感を味わうと、

「ああ……、い、いっちゃう……！」

たちまちアンナも絶頂に達して声を上ずらせ、ガクガクと全身を震わせた。

膣内の収縮にも負けることなく、純司は何とか漏らさずに済み、やがてアンナがグッタリとなっていった。

そして彼女が股間を引き離すと、最後に真凜が跨がり、二人分の愛液にまみれたペニスを深々と受け入れていった。

「アアッ……！」

真凜も顔を仰け反らせて喘ぎ、すぐに身を重ねてきたので、純司も両手を回して抱き留めた。

すると左右から、余韻に浸っていた絵美とアンナも挟むように身を寄せ、彼の両頬を舐めてくれたのだ。

純司は真凜の顔も引き寄せ、また三人で舌をからめながら、ズンズンと股間を突き上げて絶頂を迫らせていった。混じり合った三人分の唾液と吐息を吸収すると、真凜も懸命に合わせて腰を遣った。

三人とも、水に潜って口の中も洗った感じだから、息の匂いはさっきよりずっと淡くなってしまっていたが、それでも三人分となると、それなりに悩ましい果実臭が鼻腔を刺激してきた。

「い、いきそう……」

純司も快感に口走り、真凜の温もりと収縮の中で高まっていった。

すると、先に真凜がオルガスムスに達してしまったのだ。

覚えたばかりだから、なおさら期待が大きくて絶頂が早まったのかも知れない。

「き、気持ちいいわ……、アアーッ……！」

真凜が声を上げ、ガクガクと痙攣した。

「真凜もいけるようになったのね。すごいわ」

見ていたアンナが驚いて言い、純司も続いて昇り詰めてしまった。

「く……！」

彼は呻き、快感を嚙み締めながら、ありったけの熱いザーメンをドクンドクンと勢いよくほとばしらせた。

「ああ、熱いわ……」

噴出を感じた真凜が、駄目押しの快感の中で喘ぎ、収縮を繰り返した。

やがて純司は、上と左右からの美女の温もりに包まれ、混じり合った吐息を心ゆくまで嗅ぎながら、最後の一滴まで出し尽くしていった。

すっかり満足しながら徐々に突き上げを弱めていくと、

「ああ……」

真凜も声を洩らし、肌の強ばりを解いて力を抜くと、グッタリと彼にもたれかかってきた。

まだ息づく膣内で、刺激されたペニスがヒクヒクと過敏に跳ね上がり、そのたびにキュッときつく締め上げられた。

そして三人分の混じり合ったかぐわしい吐息を嗅ぎながら、うっとりと快感の余韻に浸りながら荒い呼吸を繰り返した。

すると、急に空気が新鮮なものに変わってきた。どうやら水が引け、外の空気が入り込みはじめたようだ。

やがて真凜がそろそろと股間を引き離し、荒い呼吸を続けた。

すると絵美とアンナが真凜を抱え、まだ底の方に残っている水に浸けて割れ目を洗ってやった。

さらに二人は戻って彼のペニスにしゃぶり付き、愛液とザーメンを舌で綺麗にしてくれたのである。

「あうう……、も、もういいよ、有難う……」

純司は過敏に腰をくねらせながら呻き、二人もようやく舌を引っ込めてくれた。

「とうとう水も引けてしまったわね」

「ええ、もう人魚には戻れないわ……」

絵美とアンナが、水のなくなった内部を見回しながら感慨深げに言った。

ようやく純司も身を起こし、真凜もとろんとした眼差しながら、大水槽の中を眺めていた。

「じゃ、上がって髪を乾かしましょうか」

絵美が言ってドームを抜けると、純司もノロノロと水槽の底に這い出した。

底には三人分の人魚のコスチュームが、まるで死骸のように横たわっていた。

立ち上がると、純司は僅かしか水に入っていなかったのに、急に重力を感じた。

先に絵美が鉄梯子を上がっていき、次に純司が必死になって上りはじめると、アンナと真凜が尻を押し、絵美が引っ張ってくれたのだった。

3

「じゃ、どうかお元気で。また必ず来て下さいね」

四人で昼食を終え、片付けを済ますと彼女たちが純司に言い、やがて出ていってしまった。

もうこれで、美しい絵美やアンナ、可憐な真凜、そして沙弥香たちと会うこともないのだろう。

純司は寂しい気持ちで彼女たちを思い浮かべ、やがて気を取り直して私物の整理をし、明日東京に戻る仕度をした。

もうホテル内に持ち出すものは何もないので、あとは置きっぱなしのまま業者が解体し、全て瓦礫《がれき》として処分してしまうようだ。

最後の作業を終えると、彼は仮眠を取り、やがて日が傾く頃に起きると、ちょうど佳代子が東京から帰ってきた。

「お帰りなさい」

「ええ、そちらもお疲れ様」

今日も佳代子は、颯爽たるスーツ姿だ。

「明日、東京へ戻る予定でよろしいですか」

「ええ、今夜は外で夕食にしましょう」

彼女は言い、すぐに二人で戸締まりをしてホテルを出ると、近くにあるレストランに入った。

差し向かいに座ると、グラスビールで乾杯し、料理をつまみながらワインに切り替えた。

「総務に、僕の席は残ってるでしょうか」

「そんな心配は要らないわ。むしろ上のポストが用意されているから。ここで一ヵ月ずいぶん頑張ってくれたので」

「本当ですか」

純司は顔を輝かせ、同時に今夜二人きりと思うと、憧れの美人上司に対し激しい淫気を湧かせてしまった。

午前中は三人を相手に二回も射精したが、一眠りしたのですっかり淫気はリセットされている。

「それで、支配人も本社へ？」

「ええ、しばらくはそうなるけど、また何かあれば一緒に仕事したいわ」

「はい、ぜひ」

純司は答え、新たな仕事への期待も湧かせた。

そして食事とデザートを終えると、また二人で誰もいないホテルへ戻った。

「ね、私のお部屋へ来て」

勝手口の戸締まりを終え、階下の照明を全て消すと佳代子が言った。

純司も頷き、一緒に二階の部屋に入った。

「ああ、会いたかったわ……」

するといきなり彼女が言って純司の胸にもたれかかってきた。

やはり東京本社では残務整理に追われて忙しく、純司と得た快楽だけが気持ちの拠《よ》り所《どころ》だったのかも知れない。

そこはやはり、平社員の純司とは立場も違うから、相当なストレスを抱えて帰ってきたのだろう。

純司は、彼女の甘い髪の香りを感じながら、ムクムクと激しく勃起していった。

それを股間に感じた佳代子も、やんわりと身を離し、上着を脱ぎはじめた。

「じゃ、急いでシャワーを浴びて来るから待っていて」

「い、いえ、どうかそのままの方が……」

彼女が言うので、純司は慌てて押しとどめた。

「ダメよ。ゆうべ急いでお風呂に入っただけで、今日も朝から動き回っていたのだから……」

佳代子は尻込みして言ったが、反面、待ちきれないような眼差しが期待にキラキラと輝いていた。

「とにかく脱ぎましょう。もう待てないんです。ほら」

純司は言い、突っ張った股間を突き出した。

「困ったわ。私も待てないのだけど、本当に汗ばんで……」

佳代子がモジモジして言うので、純司は正面から迫ってブラウスのボタンを外しはじめた。

すると彼女もようやく諦めたように、あとは自分で手早く脱ぎはじめていった。

純司は手早く服を脱ぎ去って全裸になり、佳代子のベッドに先に横になった。

隣のベッドに、もう真凜が来ることはないだろう。

佳代子も、自分の留守中に純司が数多くの女性たちと様々な快楽の行為に耽っていたことや、真凜を女にしたことなど夢にも思わず、やがて熟れ肌を露わにし、最後の一枚も脱ぎ去っていった。

全裸になった佳代子は向き直り、巨乳を息づかせて添い寝してくると、生ぬるく甘ったるい匂いが漂った。

純司は甘えるように腕枕してもらい、ミルクのように甘く濃厚な汗の匂いで鼻腔を満たしながら、湿った腋の下に鼻を埋め込んだ。

「いい匂い……」

うっとりと嗅ぎながら言い、目の前の巨乳に手を這わせると、

「アア……！」

佳代子が羞恥と刺激に喘ぎ、クネクネと身悶えはじめた。

純司は、コリコリと硬くなった乳首を指の腹でいじり、胸いっぱいに美熟女の体臭を満たしてから、そろそろと顔を移動させていった。

チュッと乳首に吸い付き、舌で転がすと、

「ああ……、いい気持ち……」

佳代子が喘ぎながら仰向けの受け身体勢になり、彼ものしかかっていった。

顔中を柔らかな膨らみに押し付けて感触を味わい、左右の乳首を交互に含んで舐め回し、もう片方の腋の下にも鼻を埋めて嗅いでから、白く滑らかな熟れ肌を舐め降りていった。

きめ細かな肌は、どこに触れてもビクッと敏感に反応し、さらに甘ったるい匂いを揺らめかせた。

形良い臍を舐め、張り詰めた腹部の弾力を顔中で味わい、豊満な腰のラインからムッチリした太腿に降りていった。

スベスベの脚を舐め降り、足首まで行って足裏に回り込み、踵から土踏まずに舌を這わせると、

「ダメ、そんなところ……」

佳代子がガクガクと脚を震わせて言ったが、激しく拒むことはしなかった。

足裏を舐め回し、縮こまった指の間に鼻を割り込ませて嗅ぐと、やはりそこはジットリと生ぬるい汗と脂に湿り、蒸れた匂いが濃厚に沁み付き、悩ましく鼻腔を刺激してきた。

純司は美熟女の足の匂いを充分に貪ってから爪先にしゃぶり付き、綺麗な桜色の爪を舐め、全ての指の股に舌を挿し入れて味わった。

「あう……！」

ヌルッと舌が潜り込むたび、佳代子は息を詰めて呻き、唾液に濡れた指で彼の舌を挟み付けてきた。

前の時は、オルガスムスのあとにそっとしゃぶっただけだからよく覚えていないらしく、今は激しくクネクネと反応していた。

純司はしゃぶり尽くし、もう片方の爪先も味と匂いが薄れるまで貪り、やがて彼女をうつ伏せにさせた。

そして踵からアキレス腱、脹ら脛から汗ばんだヒカガミを左右とも丁寧に舐め、量感ある太腿から白く豊満な尻の丸み、腰から背中を舐め上げていった。

「アア……、ダメよ、感じすぎるわ……」

背中を舐められ、佳代子が顔を伏せて喘ぎ、純司は汗の味のするブラの痕を舐め回し、さらに肩から髪に顔を埋めていった。

甘い匂いの髪を掻き分け、耳の裏側に鼻を押し付けると、蒸れた汗の匂いが感じられた。

舌を這わせてから、また滑らかな背中を舐め降り、たまに脇腹に寄り道して軽く歯を当て、豊かな尻に戻ってきた。

うつ伏せのまま股を開かせ、腹這いになって尻に顔を寄せ、指でムッチリと谷間を広げると、レモンの先のように僅かに突き出たピンクの蕾が、恥じらうようにキュッと引き締まった。

鼻を埋め込んで嗅ぐと、顔中に弾力ある双丘が密着し、彼は蒸れた微香を貪るように嗅いでから、チロチロと舌を這わせた。

細かに収縮する襞を濡らし、ヌルッと潜り込ませて滑らかな粘膜を探ると、

「あう……！」

佳代子が息を詰めて呻き、キュッと肛門で舌先を締め付けてきた。

純司は、うっすらと甘苦い微妙な味わいの粘膜をクチュクチュと探り、出し入れさせるように舌を動かした。

「も、もうダメよ、そんなところ……」

佳代子が言って腰をよじると、そのまま刺激を避けるように寝返りを打ってしまった。純司も片方の脚をくぐり、彼女が再び仰向けになると、白い内腿を舐め上げて股間に迫っていった。

ふっくらした丘には黒々と艶のある恥毛が程よい範囲にふんわりと茂り、丸みを帯びた割れ目からはみ出す陰唇は、大量の愛液にネットリと潤っていた。

指で広げると、かつて真凜が産まれ出てきた膣口が息づき、クリトリスもツンと突き立っていた。

4

もう堪らず、彼は佳代子の割れ目にギュッと顔を埋め込んでいった。

「アアッ……、い、いい気持ち……」

佳代子がビクッと顔を仰け反らせて熱く喘ぎ、内腿でキュッときつく純司の両頰を挟み付けてきた。

彼も柔らかな茂みに鼻を擦りつけて嗅ぎ、舌を挿し入れていった。

恥毛の隅々には、甘ったるい汗の匂いが濃厚に籠もり、ほのかな残尿臭も混じって悩ましく鼻腔を刺激してきた。

「いい匂い……」

「あう、言わないで……」

嗅ぎながら言うと、佳代子が激しい羞恥に呻き、内腿に強い力を込めた。

陰唇の内側に舌を這わせ、淡い酸味のヌメリを掻き回して、膣口の襞からクリトリスまでゆっくり舐め上げていくと、

「ああ……、そこ……」

佳代子が喘ぎ、羞恥を越えて貪欲に股間を突き上げてきた。

純司がチロチロとクリトリスを舐めると、佳代子が彼の頭や頬に触れてきた。目を閉じて快感を嚙み締めているので、本当に股間に男の顔があるのか探って確認しているようだった。

愛液は泉のようにトロトロと溢れ、彼はすすりながら指を膣口に潜り込ませ、さらに唾液に濡れた肛門にも左手の人差し指を浅く入れて蠢かせた。

「く……、すごい……」

佳代子も朦朧となって呻き、前後の穴でキュッと指を締め付けてきた。

純司はそれぞれの指を動かして内壁を擦り、なおもクリトリスを吸うと、

「お、お願い、入れて……！」

佳代子が声を上ずらせ、ヒクヒクと下腹を波打たせてせがんだ。

ここは、やはり舌と指で果てさせるより、彼女の望み通り挿入で昇り詰めさせるべきだろう。

そう思った純司は前後の穴からヌルッと指を引き抜き、身を起こして前進していった。そして股間を迫らせ、幹に指を添えて濡れた割れ目に先端を擦り付け、ヌメリを与えながら位置を定めていった。

「アア、来て……」

佳代子も大股開きになって求め、彼はゆっくり膣口に挿入していった。

張り詰めた亀頭が潜り込むと、あとは滑らかにヌルヌルッと根元まで吸い込まれ、彼はピッタリと股間を密着させて身を重ねた。

「ああ……、嬉しい……」

佳代子が薄目で彼を見上げて喘ぎ、下から両手を回してシッカリとしがみついてきた。純司も温もりと感触を味わい、胸で巨乳を押しつぶしながら徐々に腰を突き動かしはじめた。

「す、すぐいきそう……、もっと突いて、強く何度も奥まで……！」

佳代子が忙しげに口走り、待ちきれないようにズンズンと股間を突き上げてきた。

純司も合わせて腰を動かしたが、まだここで果てる気はなかった。

憧れの佳代子と一つになって快感と感激は大きいのだが、何しろ昼間充分すぎるほど射精しているので、ここは保ちたかった。

それに、今にも佳代子は済んでしまうだろうし、彼はまだおしゃぶりもしてもらっていないのである。

「い、いっちゃう……、アアーッ……！」

たちまち佳代子が声を上げ、膣内の収縮を活発にさせたかと思うと、ガクガクと狂おしい痙攣を開始した。

激しく腰を跳ね上げて反り返るので、体重の重い純司も全身をバウンドさせながら美熟女の凄まじいオルガスムスに圧倒された。

粗相したように溢れる愛液が互いの股間をビショビショにさせ、動きに合わせてクチュックチュッと淫らに湿った摩擦音が響き、ヒタヒタと揺れてぶつかる陰嚢も生温かく濡れた。

「ああ……、も、もうダメ……」

佳代子が声を洩らし、力尽きたように熟れ肌の強ばりを解いて、グッタリと身を投げ出していった。

純司も辛《かろ》うじて暴発は免れ、腰の動きを止めて身を起こした。

そろそろと股間を引き離すと、興奮に色づいた陰唇が満足げに息づき、摩擦で攪拌され白っぽく濁った愛液が柔肉を彩っていた。

純司は、荒い息遣いを繰り返している佳代子に添い寝してゆき、彼女が落ち着くのを待った。

佳代子は、もう触れていないのに思い出したようにビクッと肌を震わせては、快感の余韻を味わっていた。

やがて彼女は、呼吸を整えながら横から肌を密着させ、そっと勃起したペニスに触れてきた。

「あなたは、まだいっていないのね。なぜ……」

愛液にまみれた幹をいじりながら囁いた。

「すぐいくのが勿体なかったし、もっと長く味わいたかったから」

「そう……」

言うと佳代子は答え、ペニスから指を離し、彼の乳首に吸い付いてきた。

「嚙んで……」

純司が仰向けの受け身体勢になりながら言うと、佳代子ものしかかって熱い息で肌をくすぐり、チロチロと乳首に舌を這わせてから綺麗な歯並びでキュッと軽く嚙んでくれた。

「アア……、もっと強く……」

彼は甘美な刺激に喘いで言い、佳代子も左右の乳首を舌と歯で愛撫してくれた。

さらに彼女は胸から腹に舌を這わせ、自分がされたように臍を舐め、大股開きになった純司の股間に腹這いになっていった。

セミロングの髪がサラリと内腿をくすぐり、股間に熱い息がかかった。

すると佳代子は彼の両脚を浮かせ、尻の谷間に舌を這わせてきた。

いつものことながら、美女に舐められると申し訳ないような快感に息が震えた。

佳代子も熱い鼻息で陰囊をくすぐりながら肛門を舐め回し、ヌルッと潜り込ませてくれた。

「あう……」

純司は妖しい快感に呻き、キュッと美女の舌先を肛門で締め付けた。

彼女も内部で舌を蠢かせ、ようやく脚を下ろして陰囊にしゃぶり付いた。

二つの睾丸を転がし、袋全体を生温かな唾液にまみれさせると、いよいよヒクヒク震える肉棒に身を乗り出してきた。

しかしまだ舌は伸ばさず、佳代子は巨乳を押し付けて幹を挟み、両側から揉みしだいてくれたのだ。

柔らかな肌の温もりに包まれ、彼自身は巨乳の谷間で快感を味わった。

「ああ、気持ちいい……」

純司は熱く喘ぎ、彼女は充分にパイズリをしてくれ、時には幹に乳首を擦り付けてきた。

そして屈み込むと、いよいよ粘液の滲む尿道口にチロチロと舌を這わせはじめ、愛液に濡れた亀頭にもしゃぶり付いてくれた。

丁寧に舐め回し、やがて丸く開いた口でスッポリと根元まで呑み込み、熱い鼻息で恥毛をくすぐった。

「アア、いい……」

純司は快感に喘ぎ、恐る恐る股間に目を遣った。超美女が、上気した頰をすぼめて吸い付き、口の中ではクチュクチュと舌をからめ、ペニス全体を清らかな唾液にまみれさせてくれた。

さらに佳代子は顔全体を小刻みに上下させ、濡れた口でスポスポと強烈な摩擦を開始したのだ。

幹が快感にヒクヒクと震え、思わず彼もズンズンと股間を突き上げると、先端がヌルッとした生温かな喉の奥の肉に触れ、新たな唾液がたっぷりと溢れて心地よくペニスを浸した。

「ンン……」

佳代子も熱く鼻を鳴らして夢中で吸い付き、満遍なく舌をからめては唇の摩擦を繰り返してくれた。

「も、もういいです、いきそう……」

すっかり高まった純司が言うと、佳代子も強く吸い付きながらチュパッと口を引き離した。そして彼が手を引くと身を起こし、彼女は女上位で跨がり、先端に割れ目を押し当てた。

腰を沈み込ませると、再びペニスはヌルヌルッと肉襞の摩擦を受けて滑らかに根元まで呑み込まれていった。

純司は温もりと感触を味わい、彼女もピッタリと股間を密着させて座り込み、グリグリと腰を動かした。

やがて上体を起こしていられないように佳代子が身を重ねてくると、純司も両手を回して抱き留め、僅かに両膝を立てて豊満な尻を支えた。

動かなくても、息づくような収縮がペニスを刺激し、溢れる愛液が彼の肛門の方にまで生温かく伝い流れてきた。

5

「アア……、いい気持ち……、今度は中でいって……」

佳代子が熱く喘ぎ、キュッキュッと味わうように締め付けてきた。

さっきは自分一人で早々と果ててしまったので、今度はジックリと、二人で快感を分かち合いたいようだった。

純司は彼女の顔を引き寄せ、ピッタリと唇を重ね、舌を潜り込ませて滑らかな歯並びを舐めた。

「ンン……」

すると佳代子も熱く鼻を鳴らし、ネットリと舌をからめながら、徐々に腰を動かしはじめた。

純司も、生温かな唾液にまみれ、滑らかに蠢く美女の舌を舐め回しながら、合わせてズンズンと股間を突き上げていった。

「ああ……、い、いい……」

互いの動きがリズミカルになってくると、佳代子が息苦しげに口を離し、淫らに唾液の糸を引きながら熱く喘いだ。

口から吐き出される息は火のように熱く、程よい湿り気を含み、ワインの香気に混じって彼女本来の白粉に似た匂いが濃厚に鼻腔を刺激してきた。

「ああ、なんていい匂い……」

純司はうっとりと酔いしれ、さらに佳代子の喘ぐ口に鼻を押し込み、濃い芳香を胸いっぱいに吸い込んだ。

「あ……」

佳代子が恥じらうように声を洩らしたが、何しろその間も互いの律動が続いているので快感が先に立ち、彼女は惜しみなく息を吐きかけながらクネクネと身悶え、激しく高まっていった。

「唾を飲みたい……」

純司がせがむと、彼女も喘いで乾き気味の口中に懸命に唾液を溜めた。

そして口移しにトロリと吐き出してくれ、彼は味わいながら心地よく喉を潤した。

「しゃぶって、顔中もヌルヌルにして……」

さらに言うと、佳代子も舌を這わせ、彼の鼻の穴から鼻筋、頬から瞼まで舌を這わせ、舐めると言うより垂らした唾液を塗り付ける感じで顔中をヌルヌルにまみれさせてくれた。

「アア……、い、いく……！」

とうとう純司は口走り、美熟女の唾液と吐息の匂いに包まれ、肉襞の摩擦の中で激しく昇り詰めてしまった。

「く……」

大きな絶頂の快感に呻くと同時に、熱い大量のザーメンがドクンドクンと勢いよくほとばしり、柔肉の奥深い部分を直撃した。

「ヒッ……、いい気持ち……、あぁーッ……！」

すると噴出を感じた途端、彼女も二度目のオルガスムスのスイッチが入ったように声を上げ、ガクガクと狂おしい痙攣を繰り返した。

純司も溶けてしまいそうな快感を味わい、心置きなく最後の一滴まで出し尽くしていった。

膣内はザーメンを飲み込むような収縮が続き、やがて彼はすっかり満足しながら突き上げを弱め、身を投げ出していった。

すると佳代子も、精根尽き果てたように熟れ肌の硬直を解くと、グッタリと遠慮なく彼に体重を預けてきた。

まだ膣内はキュッキュッと息づき、刺激されるたびヒクヒクとペニスが内部で過敏に跳ね上がった。

「あう……」

佳代子も敏感になっているように呻き、幹の震えを押さえつけるようにキュッときつく締め上げてきた。

そして純司は重みと温もりを感じ、彼女の熱く湿り気ある息の匂いで鼻腔を満たしながら、うっとりと快感の余韻を味わったのだった。

「良かったわ。何度でもいきそう……」

佳代子が息も絶えだえになって囁き、ようやく股間を引き離してゴロリと添い寝してきた。

「このまま寝ましょう。朝まで一緒にいたいわ……」

彼女が布団を引き寄せて言い、全裸のまま肌を密着させた。

純司も、最後の一日に何度も快楽を味わい、もう階下へ降りるのも億劫《おっくう》になっていたので、このまま眠ってしまうことにした。

佳代子と一緒にいるという緊張と、最後の夜という感慨に寝付けないかとも思ったが、やがて純司は彼女の匂いと温もりに包まれながら、深い睡りに落ちてしまったのだった……。


――気配に純司が目を覚ますと、もう外は薄明るかった。

佳代子は横から肌を密着させ、彼に熱烈に唇を重ねて舌を這わせ、さらに朝立ちで勃起したペニスをやんわりと手のひらに包み込んで動かしていたのだ。

「あ、起こしちゃったわ。ごめんなさいね。あんまり勃っていたものだから」

彼女が唇を離して言い、なおもペニスを弄んでいるので、純司はいっぺんに目が冴《さ》え、淫気が満々になってしまった。

「イビキ、うるさかったでしょう。眠れましたか」

「ええ、少しだけ眠ったわ」

訊くと、やはり彼女は最後の夜ということで、あまり眠れなかったように答えた。

純司は刺激に、寝起きに一度射精しないと治まらないほど高まってしまった。

彼女の吐息は寝起きと寝不足でさらに濃厚になり、その甘美な刺激が鼻腔から胸に沁み込むと、心地よくペニスに伝わっていった。

「いきそう……」

「私はもう充分だわ。いますると今日動けなくなるから、お口でもいい？」

佳代子が答え、純司もうっとりと身を任せ、いよいよ絶頂が迫るまで指の愛撫を受け、熱烈に舌をからめた。

そして美熟女の唾液と吐息を心ゆくまで味わい、指の刺激に腰をよじった。

「ああ……、いく……」

彼が口走ると、佳代子はすかさず顔を移動させ、張り詰めた亀頭にしゃぶり付いてくれた。

さらに喉の奥まで深々と呑み込んで吸い付き、熱い息を股間に籠もらせながら舌をからめ、スポスポと強烈な摩擦を繰り返した。

純司も小刻みに股間を突き上げながら、その快感に昇り詰めてしまった。

「い、いく……、あう……！」

たちまち大きな絶頂の中で呻き、同時にありったけの熱いザーメンをドクンドクンとほとばしらせ、勢いよく彼女の喉の奥を直撃した。

「ク……、ンン……」

噴出を受け止め、佳代子は熱く鼻を鳴らしながらも吸引と舌の蠢き、強烈な摩擦を続行してくれた。

「アア……」

純司は快感に喘ぎ、クネクネと身悶えながら、心置きなく最後の一滴まで絞り尽くしてしまった。

（これが、このホテルでの最後の射精だな……）

彼は思いながら心ゆくまで快感を嚙み締め、やがてグッタリと四肢を投げ出していった。

佳代子はなおも吸い付き、亀頭を含んだまま口に溜まったザーメンをゴクリと一息に飲み干してくれた。そしてスポンと口を引き離すと、なおも余りをしごくように幹を擦り、尿道口に脹らむ白濁の雫まで、ペロペロと丁寧に舐め取って綺麗にしてくれたのだった。

「あうう……、ど、どうか、もう……」

純司は過敏にクネクネと腰をよじらせながら降参し、ようやく佳代子も舌を引っ込めて再び添い寝してきた。

彼は甘えるように腕枕してもらい、熟れ肌の温もりと柔らかさに包まれながら余韻を味わった。

佳代子の吐き出す息にザーメンの生臭さは残っておらず、さっきと同じ濃厚な大人の女の匂いが含まれ、心地よく鼻腔を刺激してきた。

「いよいよ、このホテルともお別れだわ……」

彼女は、純司の髪を優しく撫で、何度か額にキスしてくれながら囁いた。

純司は、朝食を終えればすぐにも仕度して東京へ帰ることになっている。

しかし佳代子は取り壊し業者との打ち合わせがあるらしく、午後まで残っているらしい。

佳代子の息を嗅ぎながら呼吸を整えていると、いつしか彼女が小刻みに肌を震わせて嗚咽《おえつ》していた。

純司は顔を上げ、彼女の湿った鼻の穴を舐めてやった。

佳代子の鼻水は、彼女の愛液そっくりな味とヌメリをしていた。

そして純司は、何度となく唇を重ねて舌をからめ、彼女のクリトリスを探ってやった。挿入ではなく、クリトリス感覚での絶頂なら、すぐ回復して今日の仕事は出来るだろう。

「アア……、いい気持ち……」

佳代子が熱く喘ぎ、クネクネと身悶えはじめた。

その息づく柔肌に包まれていると、何やら純司は、二人で水中でもたゆたっているような気持ちになったのだった……。

本書は文庫書下ろしです。

この作品はフィクションですので、登場する人物、団体は
実在するいかなる個人、団体とも関係ありません。

|著者|睦月影郎　1956年神奈川県横須賀市生まれ。県立三崎高校卒業。23歳で官能作家デビュー。熟女もの少女ものにかかわらず、匂いのあるフェチックな作風を得意とする。著書は500冊を突破。近刊に『快楽のグルメ』、『快楽のリベンジ』、『快楽ハラスメント』、『卒業　一九七四年』、『とろり蜜姫・掛け乞い』、『傀儡舞《くぐつまい》』、「平成好色一代男」シリーズ（以上、講談社文庫）、『欲情の文法』（星海社新書）、『快楽デパート』（実業之日本社文庫）、『純情姫と身勝手くノ一』（祥伝社文庫）、『あやかし秘蜜機関』（竹書房文庫）、『月影亭擦淫事件』（二見文庫）、『艶姫みだら剣法』（コスミック・時代文庫）、『女だらけの蜜室』（双葉文庫）などがある。

快楽《かいらく》アクアリウム

睦月影郎《むつきかげろう》

© Kagero Mutsuki 2019

講談社文庫

定価はカバーに
表示してあります

2019年８月９日第１刷発行

発行者──渡瀬昌彦
発行所──株式会社　講談社
東京都文京区音羽2-12-21　〒112-8001
電話　出版（03）5395-3510
　　　販売（03）5395-5817
　　　業務（03）5395-3615

デザイン─菊地信義
本文データ制作─講談社デジタル製作
印刷───豊国印刷株式会社
製本───株式会社国宝社

Printed in Japan

落丁本・乱丁本は購入書店名を明記のうえ、小社業務あてにお送りください。送料は小社負担にてお取替えします。なお、この本の内容についてのお問い合わせは講談社文庫あてにお願いいたします。

本書のコピー、スキャン、デジタル化等の無断複製は著作権法上での例外を除き禁じられています。本書を代行業者等の第三者に依頼してスキャンやデジタル化することはたとえ個人や家庭内の利用でも著作権法違反です。

ISBN978-4-06-517058-8

講談社文庫刊行の辞

二十一世紀の到来を目睫に望みながら、われわれはいま、人類史上かつて例を見ない巨大な転換期をむかえようとしている。

世界も、日本も、激動の予兆に対する期待とおののきを内に蔵して、未知の時代に歩み入ろうとしている。このときにあたり、創業の人野間清治の「ナショナル・エデュケイター」への志を現代に甦らせようと意図して、われわれはここに古今の文芸作品はいうまでもなく、ひろく人文・社会・自然の諸科学から東西の名著を網羅する、新しい綜合文庫の発刊を決意した。

激動の転換期はまた断絶の時代である。われわれは戦後二十五年間の出版文化のありかたへの深い反省をこめて、この断絶の時代にあえて人間的な持続を求めようとする。いたずらに浮薄な商業主義のあだ花を追い求めることなく、長期にわたって良書に生命をあたえようとつとめるところにしか、今後の出版文化の真の繁栄はあり得ないと信じるからである。

同時にわれわれはこの綜合文庫の刊行を通じて、人文・社会・自然の諸科学が、結局人間の学にほかならないことを立証しようと願っている。かつて知識とは、「汝自身を知る」ことにつきていた。現代社会の瑣末な情報の氾濫のなかから、力強い知識の源泉を掘り起し、技術文明のただなかに、生きた人間の姿を復活させること。それこそわれわれの切なる希求である。

われわれは権威に盲従せず、俗流に媚びることなく、渾然一体となって日本の「草の根」をかたちづくる若く新しい世代の人々に、心をこめてこの新しい綜合文庫をおくり届けたい。それは知識の泉であるとともに感受性のふるさとであり、もっとも有機的に組織され、社会に開かれた万人のための大学をめざしている。大方の支援と協力を衷心より切望してやまない。

一九七一年七月

野間省一

講談社文庫 最新刊

- 呉勝浩 **白い衝動**
殺人衝動を抱く少年と連続強姦《ごうかん》暴行魔が同じ町にいる。大藪賞受賞のサイコサスペンス。

- 大友信彦 **オールブラックスが強い理由**〈世界最強チーム勝利のメソッド〉
日本開催ラグビーW杯優勝の大本命、NZオールブラックスの絶対的強さの秘密とは？

- 瀬那和章 **今日も君は、約束の旅に出る**
再会した思い人は、〝絶対に約束を破ることのできない〟体質になっていた！ 極上の恋愛小説！

- 長野まゆみ **45°**〈ここだけの話〉
一見普通の人々が語りはじめる不可思議な物語。世界の曖昧さを実感する戦慄の九篇。

- 決戦！シリーズ **決戦！ 関ヶ原2**
関ヶ原の戦いには勝敗の鍵を握る意外な男たちがいた——7人の作家が合戦を描く大人気シリーズ！

- 靖子靖史 **空《くう》色《しき》カンバス**〈瑞空寺《ずいくうじ》凸凹《でこぼこ》縁起《えんぎ》〉
僕たちは、生きているから、いつか死ぬ。現役のお坊さんによる〈救われる〉青春小説。

- 睦月影郎 **快楽アクアリウム**
真面目な中年男が隠し持つ淫らな欲望が単身赴任先で次々と実現する！〈文庫書下ろし〉

- 柳田《やなぎた》理《り》科《か》雄《お》 **MARVELマーベル空想科学読本**
ハルクの怪力！ キャップは頭脳派！ マーベルヒーローは科学で考えるともっとすごい！

- ティモシイ・ザーン 富永和子 訳 **スター・ウォーズ 暗黒の艦隊(上)(下)**
スター・ウォーズの伝説的外伝、「スローン三部作」の第二作！ かつての名作が再び！

- ヤンソン(絵) **リトルミイ ノート／スナフキン ノート**
リトルミイとスナフキンのおしゃれな文庫ノートができました！ 使い方はあなた次第！

講談社文庫 最新刊

東野圭吾 危険なビーナス
独身獣医の伯朗が新たに好きになったのは、失踪した弟の妻だった。絶品恋愛ミステリー！

堂場瞬一 不信の鎖〈警視庁犯罪被害者支援課6〉
娘を殺されたブラック企業社長。〝最も傲慢な犯罪被害者〟が、村野を翻弄する。〈文庫書下ろし〉

佐々木裕一 赤い刀身〈公家武者 信平《のぶひら》㈥〉
信平の幼馴染《おさななじみ》が屋敷を訪れる。その美貌に嫉妬する松姫《まつひめ》。その女が江戸へ来た目的とは？

富樫倫太郎 スカーフェイスIII ブラッドライン〈警視庁特別捜査第三係・淵神律子〉
女性誘拐事件の容疑者の居場所は？ 研ぎ澄まされた勘で女性刑事が探る。〈文庫書下ろし〉

麻見和史 奈落の偶像〈警視庁殺人分析班〉
銀座のショーウインドウに首吊り遺体が。残忍な犯行を重ねる犯人に殺人分析班が挑む。

鴻上尚史 青空に飛ぶ
少年が出会ったのは、九回出撃し生きて帰った元特攻隊員だった。心揺さぶる感動の一作。

重松清 さすらい猫ノアの伝説
ある日突然、教室に飛び込んできた黒猫ノア。不思議な猫が巻き起こす小さな奇跡の物語。

梶よう子 北斎まんだら
北斎に弟子入りした信州の惣領息子の活躍は！絵師たちの人間模様を描く長編歴史小説。

神山裕右 炎の放浪者
妻を人質にされた男は謎の騎士を追う旅に出る。本屋大賞発掘部門選出作家の最新文庫！